美《び》少《しょう》女《じょ》二《に》童《どう》子《じ》
制《せい》吒《た》迦《か》&《あんど》矜《こん》羯《が》羅《ら》

雪矢 星
Sei Yukiya

文芸社

目次◆美少女二童子《びしょうじょにどうじ》　制吒迦《せいたか》&矜羯羅《こんがら》

序章

西暦九〇一年。京の都の一角に、ひっそりと建つ荒れ寺があった。幾星霜もの間、雨風に浸食され、全くと言っていい程、人の手も入らず、建っているのがやっとな位の古びた小さな寺である。黒くくすんだ木の壁に、風が吹く度に揺れる古い木戸。無人の寺を覆い隠すうっそうと茂った草木――。何もかもが、華やかな都の町並みと一線を画している。名も無いこの荒れ寺は繁栄する平安の都に暗い影を落としていた――。

その寺のちょうど中央辺りに、激しく燃える炎を宿らせた護摩壇があった。意外な事に、寺の中は、外側程荒れ果ててはいず、法具類などもきちんと整備されていた。しかし、法具類と言っても、呪殺や調伏用の物しかなく、それが何とも言えない不気味さをかもしだしている――。

その護摩壇の前に座る左大臣・藤原時平は、囁くように、読経を繰り返していた。ひたすら護摩を焚き、一心不乱に何かを祈願していた。不気味な法具類に囲まれたこの寺で、祈る事はただ一つ。そう。呪殺祈願だ。彼が行っているのは、大威徳明王を本尊とした怨敵調伏の修法。一度呪われると、この大威徳明王の呪いからは、決して逃れることは出来ない。苦しみ抜いた揚句、確実に死を迎えるのだ。ここで呪殺された人間は、数知れず。この寺は、そうした調伏にはうってつけの場所であった。

時平が呪った相手は、この後、無実の罪を着せられ、北九州の太宰府に左遷される。そして、二年後の九〇三年、時平の思惑通り、その太宰府の地で、悲業の死を遂げる事になるのだ。そしてそれは、後の世に怨霊と化し、祟りをなす御霊として、人々に恐れられる存在となる菅原道真——その人である。

怨敵・菅原道真

左大臣である時平にとって、宇多天皇の信があつく、藤原氏をおさえるために、右大臣に抜擢された彼は、邪魔な存在であった。それに加え、菅原氏一族が要職を独占し、このままでは、藤原氏の地位が危うくなってしまう。藤原氏の栄華を守るため、敵は消さねばならない。先祖代々、他氏排斥を行ってきた藤原氏。調伏は、一族の誰もが成し得た手段である。しかし、それが後の世に大きな影響をもたらすことになろうとは、この時、誰が知り得たであろうか——。道真の怨念が次の時代も、そしてその次の時代も、この世にさまよい続けることになろうとは——。

どのくらい時間が経ったであろうか。時平は読経を止め、道真の名前を書き入れた人形《ひとがた》を炎の中に投げ入れた。そして、大威徳明王の印を結び、その真言を唱え始めた。

冷たく燃える目。

(燃える体)

憎しみに満ちた声。

(炎に焼かれる肢体)

真言を唱える声は止まらない。

人形が、その原形を完全に失うまで、そして燃え尽きるまで。

過去から現在、その怨念渦巻くこの寺で、人形が、跡方もなく燃え尽きるまで。

第一章

現代。深夜。近代的な高層ビル群を、遠く、西の空に望める古い橋の下――。

石造りのその橋の橋脚部分には、四方に、中国の想像上の動物である四神――青龍・朱雀・白虎・玄武――の石像彫刻が、それぞれ各方角に据え付けられている。近代文明から取り残されたこの古い橋は、長年優秀な陰陽師を数多く輩出してきた竜在家によって、江戸時代に建てられたものだ。

その四神橋の東側には、青龍の石像が据え付けられている。その青龍像のちょうど真下に、赤い色をした異形の怪物がいた。怪物は、十メートル程の間隔をあけて、三人の人間と対峙していた。

「やだやだやだ、あたし、こんなの超苦手なんだよ」

右側に立っている少女が叫んだ。黒く、長い髪。大きな漆黒の瞳。無邪気で、純朴そうな印象の少女だ。つぶらな瞳を潤ませて、首を振りながら後じさった。

「制咤迦《せいたか》ったら、ほんとに情けないんだから――」

今度は、少年を挟んで左側に立っている、もう一人の少女が叫んだ。こちらは、少し茶色がかった栗色の髪をしている。大きく綺麗にウエーブされていて、サテンのリボンで二つに束ねている。濡れたように光る、碧色の瞳が、印象的な女の子だ。

「ま、あたしにまかせなさいっ」

一歩前へ進み出ると、密教の真言を、小さくつぶやき始めた。しかし、

「！」

すぐに、少女のその言葉が中断された。制咤迦と呼ばれた少女が、その少女の口を手でふさいだのだ。

「ちょ——。いきなり何するのよ、制咤迦」

少女は、すぐにその手を払いのけると、口をふさいできた制咤迦をにらみつけた。だが、答えてきたのは少年の方だった。

「バカッ、矜羯羅《こんがら》。お前、こんな所で火炎法ぶっ放す気かぁ？　そんなことしたら、橋が崩れちまうぞ」

「——うっ——」

矜羯羅と呼ばれたその少女は、何も言えなくなり、可愛らしい頬をぷくっと膨らませて

少年を、すねたようにねめつけた。

この二人の少女は、はっきり言って人間ではない。つまり、その少年が使役する護法なのだ。護法とは、験力ある僧侶に使役される鬼神（使い魔）のことである。

「きゃあ、充さま。こわい」

いきなり、制吒迦が、小さな悲鳴を上げて、充と呼ばれた少年に抱き付いた。そうこうしている間に怪物が、すぐ側まで近づいてきたのだ。化け物は獣のように唸りながら、確実に距離を狭めてゆく――。

狭い空間に充満する妖気。空気は黒く淀み、邪なる気配が立ち込める。

充は、自分の肩に置かれた制吒迦の手が、かすかに震えているのを感じた。

（それでも護法の中でも最強と言われる二童子かぁ――？）

充は、そう思ったが、無論口には出さずに、その言葉を呑み込んだ。護法の力は、使役する主人の力と比例するからだ。

（オレも、もう少し、いや、かなり修行しないとヤバイかもな――？）

この制吒迦・矜羯羅の二童子を使役する充も、もちろん、ただの人間ではない。〝竜在陰陽道〟に所属する陰陽師であり、密教、修験道を駆使する、けっこう名の売れた術者でもある。竜在陰陽道とは、明治維新後に廃絶され、神道に吸収された陰陽道を復活させるため、陰陽博士であった当時の竜在家当主が、暗躍する陰陽師達を集めて組織した、魔術者組織である。

そして今、充達が戦おうとしているのは、異界から侵入した、闇の者——つまり、鬼だ。陰陽師の呪的作法によって、封じねばならない魔界の鬼。

「——どうするのよ、充」

歩み寄る赤い鬼を見ながら、矜羯羅が、はんべそ気味に言った。

「——即滅——、即滅呪法使うしかねえな——」

充は、溜め息まじりに返事をする。いつもなら、もうとっくに矜羯羅の火炎法でやっつけているのだ。しかし、今回だけは、そういうわけにもいかない。

「——充——」

矜羯羅は、不安そうな顔をして、充の側に近寄った。

「だいじょうぶだ。そう心配すんなって」

「充さま——」

「制吒迦もそんな顔すんなって。ま、二人ともオレにまかせとけって、な」

充は、自信たっぷりにそう言うと、漢字を朱字で羅列した長方形の白い紙を、懐から取り出した。呪法用の符呪である。そして、確実に十分以上は掛かろうかと思われる、恐ろしく長い真言を、小さくつぶやき始めた。静まり返ったトンネルの壁に、不気味な真言がこだまする――。

この呪法は、文字通り、敵を一気に消滅させることが出来る術である。だが、そのかわり、術の完成に時間が掛かるのだ。その間に、敵に襲われれば、一溜りもない――。鬼はさらに近づいて来る。

「充さま。がんばって、充さまはあたしが守る」

制咤迦は、無心で真言を唱え続ける充の背中に、そっと話しかけた。そして、鬼をにらみつけると、右手で、刀を模した印である「刀印」を作り、九字の真言を唱えながら、その刀印で、空間を縦横に切り始めた。

「臨・兵・闘・者・皆・陣・列・在・前」

甲高い制咤迦の声が、邪悪な空間を揺るがす。やがて――、九本の光の筋が、縦横に張り巡らされ、あらゆる邪を払うとされる破邪の結界――九字結界法――が出来上がった。

向かって来る鬼をにらみつけながら、制咤迦は、結界が破られないように強く念じた。

念じれば念じる程、結界は、より強固なものになるのだ。

（でも一回や二回の攻撃では、びくともしないって、今までの経験で分かってるけど——。

でも、あんな強い妖力の鬼なら——）

制咤迦が、そう危惧した時だった。迫りくる鬼の両目が、一瞬、赤く光ったかと思うと次の瞬間、醜く鋭い牙をむきだして、力一杯充達にとびかかってきた。しかし、鬼の体は九字の結界に阻まれて、トンネルの壁にはじき返され、背後の青龍の石像に激突した。不運にも、鬼を受けとめてしまった青龍像は、ものすごい音を立て大破した。

「あーあ、制咤迦、石像壊れちゃったよ——」

粉々になってしまった青龍像を見て、矜羯羅が、悲愴な声を上げる。鬼の体は、石像の残骸で、完全に覆われていたが、しかし再び起き上がり、攻撃してくるのも時間の問題であった。

「そんなの平気だよ、像なんて、また作ればいいじゃない」

制咤迦にとって、石像が壊れたことなど、どうでもよかった。そんなことよりも、鬼の動向の方が気になったのだ。

「——」

しかし矜羯羅は、石像が気になるのか、少し心配そうな表情をした。だがそんな表情も次の瞬間、鬼の姿を目にすると、矜羯羅の顔から、すっかり消え失せていた。

鬼が、再び襲ってきたからだ。

矜羯羅の、目付きが変わったのに気付いた制吒迦が、矜羯羅の手首を掴み、矜羯羅の行動を無言で制止する。矜羯羅がこんな表情をする時は、決まって、火炎法を使うからだ。

矜羯羅は、自分の手首を掴んでいる制吒迦の手を、開いている方の手で引き離すと、背を向けた。

「この結界、次の攻撃で、もう、もたないよ、充の術が完成する前に、あたし達、やられちゃうよ」

結界の中でも、最高の技とされる九字結界法。しかし、強力な技にもかかわらず、これまでの戦いの中で、何度か破られているのも事実だった。

「——」

制吒迦は、何だか、責められているような気がして、思わず、目を伏せた。矜羯羅は、振り向き、

「——違うの制吒迦、責めてるんじゃないの」

「——でも橋が——」

「大丈夫だよ、あたし、そんなドジしないよ。何とか力を調整してみる」

「——」

「ね」

制咤迦が何も答えないのを、賛成ととった矜羯羅は、制咤迦にウインクすると、火炎法の呪文を唱えながら、鬼に突進していった。

「——あ、矜羯羅」

一瞬、何が起こったのか、理解出来なかった制咤迦だったが、すぐに気を取り直し、矜羯羅を追いかけた。

(だめ、だめだよ矜羯羅。こんな所じゃ、どんな小さな火炎だって、みんな吹っ飛ばしちゃうよ)

「矜羯羅——」

◆

矜羯羅は、夢中で呪文を唱え、トンネルの中を駆ける。

（できるだけ、できるだけ力を弱めないと――）

夏だというのに悪寒がはしった。鬼との距離が、どんどん近づいているせいだ。

◆

「あ」

走りながら制咤迦は、思わず声を上げた。振り向いた途端、結界が、大きな音を立てて崩れ出したのだ。強すぎる鬼の妖力が、結界を破壊したのだ。

「やっぱりだめよ、玲羯羅」

◆

暗闇の中で、鬼の目が、赤く光った。それを合図に、玲羯羅は、火炎法を打とうとジャンプした。目も眩む光が、玲羯羅の手の中に、現れる。

（今だ）

そして、勢いよくそれを叩きつけようとした、その瞬間、

「きゃあ」

玲羯羅が、突然、悲鳴を上げ、地面に倒れ伏した。初め、何が自分の身に起きたのか、理解出来なかった玲羯羅だったが、やがて自分が誰かに、後ろから押さえ付けられていることに気付いた。玲羯羅は、地面に押さえ付けられた格好のまま、後ろを振り返った。

「だめだめだめ」

押さえ付けているのは、制咤迦だった。

「せ、制咤迦?」

「だめだよ」

「は、放してよ」

「だめだよ、ここじゃだめ」

「な、なに言ってんのよ、今、そんなこと言ってるバアイじゃゃ――」

玲羯羅が、そこまで言いかけたその時――、

「ウッ、ウソォ――」

玲羯羅の両目が、驚きに大きく見開かれた。地面に押し倒されている玲羯羅の目に、鋭

い爪で、襲いかかってくる鬼の姿が映ったのだ。

「きゃあ」

鬼の手が近づく。

「制咜迦」

「羚羯羅」

絶体絶命。

ふたりは、手に手を取り合った。

その時だ。

充の唱えていた即滅呪法の呪文が、ぴたりとやんだ。術が、完成したのだ。

「符呪開眼」

充は、そう叫ぶと、符呪を鬼に投げつけた。

まさに危機一髪。

その途端、鬼の姿が消滅し、跡方もなく消え去った。

第二章

　竜在陰陽道の古い建物を、激しい雨音が揺らした。窓を閉め、竜在彩夏《りゅうざいあやか》は、再び式盤に向かった。式盤とは、陰陽道の占術用の道具である。陰陽師にとって、鬼や魔物の退治と同じように、占いも重要な仕事の一つなのだ。

「いったい、どういうこと？」

　式盤に目を落とし、彩夏は溜め息を漏らした。もう三時間も、同じ動作を繰り返していた。正確には、三か月と言っていいだろうか。

「どうして、同じ占示しか出ないんだろう――」

　彩夏は、もう何日もの間、答えの出ない問いに、頭を悩ませていた。つまり、ここ三か月の間、どんな占いをやっても、何度占っても、すべて全く同じ結果なのだ。得られるのは〝紫〟というたった一つの言葉だけ。物理的に言って、こんなことは、絶対あるはずはない。占星術は、星の動きで判断する占いだ。つまり、占いは、星の動きと共に、変化しなければならない。三か月間全く同じ占示というのは、やはり無理がある。

（紫──）

何か、悪い事が起こりそうな気がした。単なる思い過ごしかもしれないが──。

（──）

「どうしたの──？　あやかちゃん──？」

暗闇から声がする。小さな声だ。式盤から目を離し、思考を中断された彩夏は、不機嫌そうに天井を見上げた。

「うるさいわね、あっちへ行ってよ」

天井から逆さまになって、こちらを、見ている少女がいる。明らかに人間ではない。なぜなら、天井からは、上半身しか出ていないからだ。つまり、天井を通り抜けていることになる。しかし、そんな人間技とは思えない行為を、目の当りにしても、彩夏は、少しも驚かない。

「占い？」

少女は、天井から全身を出し、彩夏の前に飛び下りた。そして、彩夏の側に近づき、中腰になって、式盤をのぞきこんだ。

「ん？　紫？」

そう叫ぶなり、少女の顔がパッと華やいだ。

「紫と言えば——吉田屋の最中の包みも、紫色だったわ」

少女の目が遠くなった。

「あーあの味、忘れられないわ。昔は良かったわ——」

少女は、はっと溜め息をつくと、両手を組み合わせ、遠き日の思い出にひたる——。どうやら、昔食べた最中の味が、忘れられないらしい。

（この最中バカ——）

彩夏は、頭を抱えたくなった。

「彩夏ちゃん。わたしのために、吉田屋の行方を捜してくれてるの？」

少女は、式盤と彩夏の顔を見比べて、期待に満ちた目で、声を弾ませた。しかし、

「——」

返ってきたのは沈黙——。この後、何度も問いかけるが、彩夏の返事はなかった。そして、二人の間に、しばしの静寂が訪れたが、やがて——、

「うっ——あや——かちゃ——ん——わた、わたしのこと——嫌いになっちゃったの？

わた——し——彩夏ちゃんに——きら——嫌われたら——行くとこ——ないの。わたし、

ここが、一番いいの――」

少女は、切々と語り始めた。少女の名は、有紀美。彼女は、四百年間、竜在家の屋敷に住み着いている〝座敷わらし〟――つまり、妖怪だ。四百年間、生きていると言っても、妖怪なので、見た目は、一六、七歳の乙女だ。

「彩夏ちゃん、最近冷たい――。ざしきわらし、いじめちゃダメ――なの――よ」

有紀美は、目をうるうるさせながら、無視する彩夏の顔をじっと見つめる――。が、反応なし――。そのうち、諦めたのか、有紀美は、天井裏に引っ込んでしまった。

やがて――。彩夏は軽く溜め息をつき、ゆっくりと立ち上がった。もう少し占おうかと思ったが、すぐにやめることにしたのだ。何度やっても、どうせ同じ答えしか出ないと思ったからだ。

「紫って、どういう意味なんだろう――」

しかし、紫という占示が、何か重要な意味を、含んでいることは確かだ。犯人を知らせようとする、ダイイングメッセージのように――。

（紫には、きっと、なにか重要な意味があるんだわ）

彩夏は、確信を込めてうなずいた。

「きっとそうよ」

第三章

朝の地下鉄。満員の車内で、都心の高校に通う二宮エリは、軽く溜め息をついた。

(あと五つか――)

高校に入学して、早一年ちょっと。もうラッシュなんて慣れっ子になったが、さすがにこの区間だけは我慢できない。多少時間が掛かっても、電車よりも、バスで通学した方が、まだましだった。しかし、それも実行出来ないでいた。車酔いする質《たち》だからだ。ひたすら、この苦痛な時間が、通り過ぎることを、祈るしかない。

次の停車駅に到着すると、乗り込んで来た乗客の一人が、知ってか知らずか、二宮エリの足の上に、大きな鞄を置いた。

(いたっ)

足元に鋭い痛みが走る。

(やだな、もう――)

気の弱い二宮エリは、心の中で文句を言い、恨めしそうに足元を見た。斜め前では男性が新聞を読んでいる。ページをめくると、新聞が顔に当たるので、エリは、思わず眉間にしわを寄せた。さらに体をよじって、それを避けようとしたが、身動き一つ出来ない。

やがて、電車が出発し、次の停車駅を告げるアナウンスが流れた。

——と、ふいに、鳥の羽音がした。

（？）

不審に思い、二宮エリは何気なく振り返った。二宮エリが見たものは、黒いカラス。黒いカラスの集団が、二宮エリの頭上を、羽音をさせながら飛んでいた。

（な、なに——）

しかし、それに気付いているのは、二宮エリだけのようだった。他の乗客は、全く気付いていない。いや、気付かないのではなく、見えていないのだ。

（幻覚——？）

二宮エリは掴んでいた吊り革を放し、幻覚かどうか確かめるため、カラスに触れようと手を伸ばした。その時だ。

（きゃっ）

電車が激しく揺れ、支えるものを失った二宮エリは、バランスを崩しよろめいた。

「あっ」

二宮エリは反射的に、もう一度、放した吊り革に、手を伸ばそうとした。しかし、隣の人に押され、吊り革を掴み損なってしまった。

（や、やだ、転んじゃう――）

二宮エリは、鞄を両手で包み込むようにして、胸に抱いたまま、そのまま流れに身を任せた。しかし、

（――えっ？）

突然、誰かに腕を掴まれた。驚いて顔を上げた二宮エリの目の前――。

「あ――」

二宮エリの腕を掴んで立っている男の顔があった。鋭い目をした背広姿の男だ。二宮エリは、適当にお礼を言うと、慌ててその男から離れた。

そして、もう一度、辺りを見回した。しかし、

（――？）

もう、カラスの姿はどこにもなかった。

（やっぱり、幻覚だったの――？）

「聖麗女学院――」

車内アナウンスが流れた。二宮エリは、たたずんでいた。鞄が腕から滑り落ち、再び動き出した電車の中で、二宮エリは、倒れた。

第四章

放課後の図書室で、充は、英文解釈と構文の問題集を解いていた。英検準一級の受験準備のため、毎日一人で勉強しているのだ。他には誰も居ない。時間も忘れ、熱心に辞書をめくっていた充の耳に、突如、轟音が響いた。確かめる間もなく、いきなり、ガラスの破片が襲いかかった。窓ガラスが割れたのだ。地震か？　充は立ち上がり、机の下に身を伏せた。だがそれは地震ではなかった。その直後、信じられない事が起こったのだ。床に散乱したガラスの破片が、一斉に浮き上がり、充を目がけて、すごい勢いで次々に飛んできたのだ。机の下から飛び出し、出口へと向かった。四方八方から、襲いかかる破片をよけながら走るが、ガラスの破片は、生き物のように執拗に迫ってくる。避けられるはずもない。ガラスの破片が肌に深く突き刺さった。混乱した頭のまま、肩を押さえて床にしゃがみ込んだ。その途端、無数の鋭い破片が、一斉に飛んできた。とっさに対応出来ずに、身を縮める——。が——しかし——、え？　皮膚に突き刺さるはずだった、ガラスの破片が、充の目の前で砕け散った。こ、これは——。充は、苦痛に顔を歪めながら、ゆっくりと立ち上がり、目を見開いた。見れば、青く輝く強い光が、充の体を、守るように覆っていた。次々と襲いかかるガラスの破片は、この青い光にはじかれて、次々に砕けてゆく。これは護身の法か――。充はハッとして、扉の方を振り返った。

「大丈夫?」

教室の扉の前で、長い黒髪の、つぶらな瞳の美少女が、両手から、青い光を放って立っていた。

「制咤迦、た、助かったぜ」

充は、扉の前に立つ美少女、制咤迦の姿を認めると、傷ついた肩を押さえ、がくりと両膝をついた。

「充さま」

制咤迦は、叫ぶや否や充の側に駆け寄った。いつの間にかガラスの攻撃はやみ、さっきまで生き物のように飛びかかっていたのが嘘のように、今はシンと静まりかえっている。

「きゃ、大変」

制咤迦は、真っ青な顔で、充の肩の傷を見つめた。押さえた左肩の傷口から、真っ赤な血が、ポタリ、ポタリ——と垂れている。

「大丈夫だ、大した事ないって——」

「だめ、じっとして。ちゃんと手当てしなくちゃ、バイキンが入っちゃう」

制咤迦は、充の肩の傷の上に両手をかざすと、静かに目を閉じて、密教の真言の呪文を小さくつぶやき始めた。

すると——、制咤迦の手の平から、青く輝く光が放出されて、充の傷を徐々にふさいでゆく——。それは、制咤迦が持つ〝護身の法〟の一つ、ヒーリングの力である。〝護身の法〟とは、制咤迦が持つ特殊能力のことで、ヒーリングの他、先程の防御結界などがある。

「これでよしっと」

制咤迦は、治療を終えると、ゆっくりと立ち上がり、大きく背伸びをした。

「本当、助かったよ、礼を言うぜ、制咤迦」

充は、制咤迦の顔を見つめて、まじめに言った。

「やだなあ、お礼なんて——、充さまは、あたし達の主人なんだから」

制咤迦は、人懐っこい笑顔を浮かべる。面と向かって、まじめにお礼を言われるのが、恥ずかしいのだ。

「ところで制咜迦。何でお前、こんな所に来たんだ？　ま、助かったけど――」

「ああ、そうだ――忘れるところだった。あのね、あのね――」

制咜迦が、何か言おうとした、ちょうどその時――、低い、嘲笑うような女の声が聞こえてきた。

「誰だ」

充と制咜迦は、窓の方を振り返った。すると――、

「ずいぶんと、便利な護法を使ってるのね。あたしも欲しいな」

ガラスのない窓枠に、目が覚めるような美少女が腰掛けていた。碧い瞳に、金色の長い髪。雪のように白い肌。グラマラスな身体に、黒衣をまとっている。美少女は、突然の事に、訳が分からず、突っ立っている充達を見つめて、

「でも――もう一人の子は、役に立たないみたいね――」

そう言って、いたずらっぽく笑った。

「もう一人？」

充の頬が、ピクリとひきつった。

「おいっ、もう一人って矜羯羅のことかっ」

充は、きつい口調で美少女に詰め寄った。嫌な予感がする——、そう思ったからだ。

「あの子、矜羯羅って言うんだ。ふうーん——。その子なら今頃——ふふっ」

美少女は、わざと、はぐらかすように、呑気に言った。思わせぶりな言い方だ。

「矜羯羅に何をしたっ。矜羯羅に何かあったら、タダじゃおかねえからなっ」

怒った充は、美少女につかみかかったが、スレスレのところでかわされた。美少女は声を立てて笑いながら、ひらりと空中へ浮かび上がった。

「ふざけるなっ、さっきのガラスも、お前の仕業だなっ」

充は、美少女を見上げながら叫んだ。

「あら、今頃気付いたの？　矜羯羅って言ったかしら——あの子も、こんな間抜けな主人に使われて、かわいそうにね——」

美少女は、腕を組みながら、呆れ返ったような表情で、充を見下ろした。

「矜羯羅は、どこにいるんだ」

相手がこんな調子なので、充は、絶叫口調から、穏やかな口調に変えた。

「さあ——その辺にいるんじゃないの？」

充は、美少女の答えを聞くや否や、凄い勢いで、廊下へと駆け出した。

「待って——充さま」

制咤迦が後を追う。

「——もし、生きていればね——ふふっ、でも——逃がしはしないわ——」

すっかり陽も落ちた薄暗い教室で、学び舎には不釣り合いな格好の美少女が、低く、つぶやいた——。

＊

矜羯羅と制咤迦が、充の家を出たのは、午後五時過ぎであった。電車で約三十分、〃星華学院中・高等部〃と書かれた校門の前にたどりつく。二人は校舎へと続く砂利道を歩いた。ここ、星華学院は、明治元年創立の名門校だ。小学校から大学まで一貫教育を売り物にした私立校で、竜在家が理事を務めている。充は、ここの中等部に通っているのだ。制咤迦は、ふと足を止めて、校舎を見上げた。長い年月を感じさせる古びた校舎だ。蔦のからまった赤煉瓦の壁。大きな窓。屋上に立つ巨大なマリア像——。全体的に妙に暗く、重々しい雰囲気を漂わせている——。気味が悪い程、赤く広がった夕焼けは、そういった印象に、さらに拍車をかけた。矜羯羅も立ち止まって、目を上げた。二人は校舎の扉を開いた。

　廊下は薄暗かった。窓ガラスの隙間から、生暖かい風と共に、西陽が差し込んでくる――。二人は、肩を並べて、階段へと続く長い廊下を、突き進んだ――。途中――、突然、制咤迦が立ち止まり、壁側に置かれた陳列ケースに駆け寄り、ひざまずいた。

「父と子と、聖霊のみなにおいて――アーメン――」

　そう言って、ケースの中で微笑むマリア像を見つめて、十字を切る。

　矜羯羅は、呆れ果てて、制咤迦の頬を両手でつねった。

「いいじゃない、宗教なんて、いい加減なものよ、陰陽道だって、密教と、ごっちゃになってるし――同じよ」

　制咤迦は、胸を張って言った。確かに、陰陽道と他の宗教との習合は、すでに、奈良時代から始まっていた。とりわけ、密教は、陰陽道と最も緊密に結びついてきた宗教である。充が使う術は、陰陽道的というよりは、むしろ、ほとんど密教的要素の強い術なのだ。しかし、西洋魔術を使う陰陽師なんて、聞いたことがない――。

「あのねー、制咤迦――。確かに――」

玲羯羅が、反論しようとしたちょうどその時――、
どこかで、ガラスの割れ落ちる音が、夕映えの校舎にとどろき渡った――。

「きゃあっ、何なの？　何が起こったの？」

凄まじい破壊音に堪えきれず、制咤迦は、耳をふさいで廊下に座り込んだ。無人の校舎に響き渡る破壊音は、途切れることなく続く。

「こんな音、大嫌いなの」

制咤迦は、しゃがみ込んだ姿勢のままわめいた。そんな制咤迦に、玲羯羅は、呆れ顔で応えた。

「ガラスの割れる音よ。なさけないよ制咤迦」

「なによ、玲羯羅だって、こんがらがっちゃう時だって、あるくせに」

「――な――」

何か言おうとする玲羯羅を無視して、制咤迦は、何か、ぶつぶつ独り言を言い出した。

「こんがらがこんがらがって――」

「ちょっと。人の名前で遊ばないでよね」

「だって、かわいいんだもん」

「何がかわいいの」

「こんがらがこんがらがって――キャハハハ――」

制咤迦は、もう、こらえきれないという風に、お腹を抱えて笑い出した。

「制咤迦ったら、ひっどぉーいっ」

矜羯羅は、ヘソを曲げてしまった。しかし、めげている矜羯羅ではない。自分も、何か制咤迦の名前で、つまんないダジャレを作ろうと、ない知恵を絞った。しかし――、

「――」

何も浮かばない――。

「――うっ――」

矜羯羅は、諦めたように、よろよろと後じさった。

「ばか」

制咤迦の方をじろっと見るが、制咤迦は、素知らぬ顔で笑い転げている。

「いつまで笑ってるのよっ」

「あ――ごめんごめん――」

「あたし、もう、怒っちゃったんだからね」

「だって、おっかしいんだもん」

再び笑い出した制咜迦に、矜羯羅は、無言ですごむ――。途端に、制咜迦は、ハッと口に手を当てて、黙り込んだ。再び訪れた静寂――。と、その時――、

「今の――充さまの声？」

矜羯羅と制咜迦の耳は、充の声を聞いた――。

「確かに――」

矜羯羅が、心配そうにつぶやく。二人は、音のする方角へと駆け出した。

（――え？　何――この感じ――）

二階へと続く階段を上りかけた時、矜羯羅は、ハッとして足を止めた。

「どうしたの？」

制咜迦も足を止めて、いぶかしそうに振り返った。

「何か変なの――感じない？　こう――心がざわめいてるっていうか――感じるの――変なの――」

矜羯羅の声は震えていた。嫌な予感がするのか、冷や汗で、額がべとべとだ。

「どうして――。こんなの、今までなかったのに――」

矜羯羅は、そう、つぶやくように言うと、きょとんとする制咤迦を残して、一階と二階の踊り場の窓から飛び降りた。

「こっ、矜羯羅ー、いったい、どうしたの？」

矜羯羅の突然の行動に、驚いた制咤迦は、すっとんきょうな声を上げる。窓の下を見ると、矜羯羅は、西の体育館のある方角に、駆けて行くところだった。

「矜羯羅ー」

矜羯羅の背中に向かって大声で叫ぶ。しかしその声は矜羯羅には届かなかったらしい。

「心がざわめく」

制咤迦は、不思議そうな顔をして、小首をかしげた。

矜羯羅は、体育館の裏にある部室棟の前で立ち止まって、注意深く辺りをうかがった。

（心臓が破裂しそう――）

さっきからずっと、得体の知れない不安が、心を支配していた。矜羯羅は、深く深呼吸すると、静かに目を閉じた。

「落ち着いて、矜羯羅」

ドキドキする心臓を両手で押さえて、自分に言い聞かせる。が、落ち着こうとすればする程、恐怖感と焦りで胸が一杯になる。何がそうさせているのか、自分でもよく分からなくて、そのことが、ますます矜羯羅を不安にさせた。

「驚いたわ――」

突然、冷たい声が耳に届いた。

「ふふふっ。ここまで来たのはほめてあげる。でも――自分からのこのこ殺されにやって来るなんて――バカね――」

長い金髪の髪の、黒服の美少女。黄色のオーラを放つ、実体なき者――。

(これだったんだっ)

矜羯羅は思った。普通の人間には、見る事の出来ない幻の人間――。この世の者ではない。まして、自分達のような〝護法〟でもない。強いて言えば、これまで戦ってきた異形の鬼に近い――。

矜羯羅は、その少女のむき出しの殺意に、初めて恐怖心というものを感じた。

(敵)

矜羯羅は直感でそう判断し、戦闘体勢に入った――。

（長期戦では圧倒的にこっちが不利みたい——一発でやらないと——確実に負ける）

矜羯羅は、静かに、それでいて力のこもった声で、真言を唱え始めた。

「ふふんっ。生意気な護法ねっ。命乞いでもすれば、子分にでもしてあげたのに」

全身黒づくめの美少女は、軽くせせら笑う。

（龍脈よ——）

必死に願い、大地に鎮めた龍の目を開かせる——。

「時空、次元を越えて、魑魅魍魎《ちみもうりょう》よ——」

矜羯羅の手の平に、バチバチと音を立てて炎の塊が宿る。激しい風が吹き、雷鳴が轟く。

黒衣の美少女は、片手をスッと前へ突き出した。巨大な龍を片手で受け止めようというのか。

矜羯羅は、不敵な笑みを浮かべる美少女に、その炎を叩き付けた——。

「立ち去れ——」

炎は、巨大な龍に姿を変え、美少女を呑み込もうとする——。が——、

「なっ——」

美少女は、僅かに指を動かしただけで、矜羯羅の攻撃をはじき返した。相手に術を破ら

れると、今度は術者本人に害が及ぶ。羯羅の龍は、術者である主人——羯羅に襲いかかった——。そして——、

「七つの地獄へ打ち落とす——オン　アビラウンケン　ソワカ」

美少女は、さらに、羯羅を、地獄へ落とす呪いをかけた。

「きゃあああああ」

羯羅の絶叫が、ほとばしる。

（あたし——なんてバカなの？　自分の技で死ぬなんて——本当にバカよ—）

薄れてゆく意識の中、色々な思いが、頭の中をかけ巡った——。充のこと、制咜迦のこと、そして——、

（あたし、もうダメかもしれない——）

最後に——、その美少女は一体何者なのか。どうして自分を襲うのか。そんな単純な疑問が心に浮かんだ。

（どうして、今まで思わなかったんだろう）

それは、羯羅には分からなかった。ただ言えることは、こうなることは、歴史で決まっていることなのかもしれない。歴史が証明する——、それだけだ。

「あなたは誰なの？　誰なの？」

意識が途切れる瞬間まで――矜羯羅は、力一杯叫び続けた。

「誰――な――の――ぉ？」

矜羯羅の最後の声が、激しい風と雷鳴に呑み込まれ、そして――消えていった。

「あなたは――誰――なの？」


やがて――。

黒衣の美少女は、誰もいなくなった校庭に立ちつくしていた――。不敵な笑みはもうない。その美しい顔にとまどいの色を浮かべ、ただ、凍りついたように、立ちつくしているだけだった。

「あたしは――あたしは一体――」

絞り出すように言った。さっきまでの自信に満ちた笑みは、見る影もない。不安に怯える目で、矜羯羅が、龍と共に消えた方向を見つめている――。

「そんな――あたしが？　そんなバカな――そんなことあるはずないわ」

美少女は、一瞬頭に浮かんだことを、すぐさま否定した。

「そんなこと——あるはずない——」

綺麗な顔に、再び、自信満々の不敵な笑みが戻った——。

「あるはずないわ」

(絶対——)

＊

暗い廊下に、充と制咤迦の、二人分の足音が響き渡った。

「充さま、ここよ、ここから矜羯羅が飛び降りたの」

制咤迦は、一階と二階の間の踊り場で立ち止まり、窓の外を指さした。下へ降りるため、そのまま通り過ぎようとしていた充が振り返った。制咤迦は、つい十五分前の出来事を、充に話して聞かせた。

「ざわめいてる——そう言ったのか」

「うん。様子がおかしかったわ」

「急ごう」

二人は窓の外へ飛び降り、矜羯羅の後を追った。

全速力で走りながら、矜羯羅の名を叫ぶ。充達が向かったのは体育館のある方角。ドーム型の体育館の先には、部室棟と広い校庭がある。でも、美少女は追いかけて来ない。

(しかし、反竜在派の陰陽師か？　妙な技を使いやがる)

ぶつぶつ独り言を言いながら、部室棟を通り過ぎる——。

「矜羯羅ーどこだー？」

陽はすっかり沈んでいた。僅かな外灯の灯りを頼りに前へ進む。部室棟の先は、ちょっとした造木林になっていた。

「矜羯羅ー」

しばらく、林をかき分けながら、前へ進んで行くと、校庭が見えてきた。充は足を止めパノラマのように見える、広い校庭の向こうを見上げた。月も星も、はっきりと見えていて、プラネタリウムにいるのかとさえ思う程、完璧だ。完璧な夜空だと思うが、なぜか充は、そこに異質感のようなものを感じた。何かが違うのだ。東京でも、星がはっきり見える時もある——。しかし——、

(何——)

「きゃあ。充さま」

(――!)

いきなり、熟考中の充の脳天を、凄まじい悲鳴が直撃した。離れて捜していた制咤迦が充を呼んだのだ。悲鳴の大きさから推測して、何かとんでもない事が、起こったようだ。

「どうしたんだっ。制咤迦っ」

充は、星の事を気にしつつも、声のする方角へ駆け出した。しかしその直後、またしても、不可思議な事が充を襲った。走り出そうとした格好のまま、充の体が、静止画像のように、動かなくなってしまったのだ。

(!)

誰かに〝不動金縛りの法〟の術をかけられたのだ。〝不動金縛りの法〟にかけられると身動きひとつ出来ないばかりか、声も出せなくなるのだ。まさに無防備そのもの――。術をかけたのは、おそらく黒衣の美少女に違いない。やはり追いかけて来たのだ。じりじりと迫る、背後からの殺気に、充は焦った。

(くそ――)

叫ぶが、もちろん声は出ない。充は自分の馬鹿さ加減を呪い、己の未熟さを後悔した。

しかし、すべて、あとのまつり。背後の殺気と殺意に為す術もなく――。

絶望の中にいた充の耳に、心地良い声が奏でる真言が届いた。辺りの闇を切り裂いて響き渡る。真言と共に現れたのは、セーラー服の美少女。短いプリーツスカートに、赤いリボンのセーラー服。星華学院高等部の制服だ。長い黒髪。凛とすましたバラ色の唇。優雅な微笑をたたえた絶世の美少女。

彩夏は、スカートの裾をひるがえし、スタスタと充の側に近づいて来た。

「彩夏」

いつの間にか、不動金縛りの法が解けていた。彩夏はサラッと右手で髪をかきあげ、

「制咤迦ちゃんが、知らせてくれたのよ」

「制咤迦が――」

「お前は何者」

術を破られた黒衣の美少女は、明らかに動揺していた。それを二人は見逃さなかった。

「充、今よ」

彩夏は飛びすさり、降伏真言を唱え始めた。黒衣の美少女は、急いで、戦闘体勢に入ろうとしたが、遅かった。その頃には、もう、充と彩夏の攻撃が、黒衣の美少女の胸を貫い

ていた――。

「きゃあああああっ」

黒衣の美少女の全身が、炎に包まれる。

《あなたは誰なの？》

（――あたしは何？　あたしは――）

矜羯羅の最後の言葉が、頭の中でリピートしている。

ふと、胸中にある男の顔が浮かんだ――。

（やっぱりそうだったの？）

みるみる内に炎は全身を焼き尽くし、

すすで真っ黒に汚れた木片の人形が――ひとつ――。

第五章

真夜中の総合病院。
暗い廊下にこだまする足音。
二宮エリの病室の前で、足音がやんだ。
入ってきたのは、目の鋭い男。
ベッドに横たわる二宮エリを見つめ、男はニヤリと笑った。

第六章

西暦一六一四年。大坂冬の陣を、間近に控えたこの年の秋。竜在家にとって、一つの試練が訪れていた。

†

江戸城門から、着飾った少女が、もの凄い勢いで出て来た。年の頃は一七、八歳。黄色い着物がよく似合う、長い髪の美少女だ。何か、怒った様子で独り言を言っている――。と、少し遅れて、その後ろから、少し地味目の少女が、もう一人現れた。一目で、年下の侍女と分かるいでたちである。

「お待ち下さい、絵梨香さま」

侍女らしき少女が、慌てふためいた様子で、美少女に駆け寄った。絵梨香と呼ばれた美少女は、早足に歩きながら、振り返りもしないで言葉を返す。

「何が『江戸マンダラ都市化計画』よ。笑わせないでいただきたいわっ」

「え、絵梨香さま。なんてことをおっしゃるんですか。誰かの耳にでも入ったら、どうなさるおつもりなんです」

侍女らしき少女は、一歩下がって、おろおろしながらついてくる。

「聞かれても、どうってことないわよ。どうして、莫大な費用をかけて、わざわざそんなことするのよ。結局は、あたくしの力が、信用できないってことよ」

「でも今は西軍方が、卑怯にも悪霊を放って、江戸の人々を苦しめている時です。今こそ天海様と協力して江戸を守るのが、竜在家としての、役目ではないでしょうか」

「だから、その悪霊を、あたくしの力で、江戸に近寄れないようにしてるんじゃないの。マンダラなんて必要ない。聞けば、マンダラはあと一つで、完成だって言うじゃないの、断るったって、今更断りきれないわ。天海の奴、隠れて計画を進めてたのよ。今になってその費用を出せだなんて——」

絵梨香は、悔しそうな顔で、ぎゅっとこぶしを握りしめた。

「費用の捻出を、竜在家だけに押しつけるなんて、卑怯です」

天海といえば、最近急に現れて、比叡山の探題に出世した謎の僧である。しかし、その氏素姓など知る者は、誰もいないのである。そして、『江戸マンダラ都市化計画』とは、僧天海の発案で実行されている江戸の町を呪的に防御する都市開発のことである。つまり、北東の鬼門の方角に四神の石像を四隅に配した橋、そして南西の裏鬼門には赤坂日枝神社、北に日光東照宮、南に芝増上寺を配して、密教の奥義で、永遠に、江戸を守護しようというのである——。

西暦一六〇〇年の関ヶ原の戦いから十四年——。豊臣家との確執は、さらに溝を深めていた。豊臣家との最終決戦を意識して、その計画は実行に移されたのである。しかし、さらに深刻な理由もあった。それは、豊臣方が、江戸に怨霊を放っているということだ。江戸の町に、西軍方の生き残りの大名達と、豊臣家の者達が、日本中の怨霊という怨霊を送り込み、江戸の町を、廃墟にしようとしているのだ。しかし、今のところは、竜在家の力でなんとかくい止めてはいるものの、竜在家だけの力では、手に負えなくなってきているのが現状なのだ。それで、天海が発案した江戸マンダラで、江戸の守りをより強固にしようというのである。しかし、絵梨香は、自分の力が信用されていないようで不満なのだ。

「江戸の人々を守るためです」

「わかってる——」

「怨霊の数は増えてきています。このままいくと、いつか手に負えない数になっていきます。門弟の数にも限りはありますし、わたし達陰陽師の力だけでは――。やはり僧侶の力も借りないと――」

「――分かったわ、そうした方が、いいわね」

絵梨香は仕方なく承諾する。それは絵梨香にも分かっていた。でも、負けず嫌いの絵梨香にとって、僧侶に頼るのは嫌だったのだ。しかし、今となっては仕方がない。絵梨香はいやいやながらも、承諾するしかなかった――。

絵梨香は小さく溜め息をついた。強がってはいても、まだまだ子供なのだ。竜在家の当主として一族をまとめ、大人として、務めを果たさなくてはならない。そう口癖のように言い続けている絵梨香。天海との協力を、ガンとして拒んでいたのも、こういうわけがあったのだ。つまり、他人に頼るのは、当主らしくないと思っているのだ。

「絵梨香さまが、当主として失格だなんて、誰も思ってません。絵梨香さまは、徳川家の陰陽博士として、立派に、務めを果たしてらっしゃいます」

「そう思う?」

絵梨香は立ち止まった。ちょっと嬉しそうだ。

「はい」

日菜子は、自信を持って断言する。実際、日菜子もそう思っていたし、他の門弟だって日菜子と考えは同じだと、日菜子は信じているのだ。二年前、疾うに成人しているが、行方不明の兄をさしおいて、十五歳で当主に任命された時には、門弟達はもちろんのこと、絵梨香自信も驚いたものだった。

(あれから、二年も経つのか――)

そんなことを思いながら、日菜子は再び歩き出した。と、その時――、

「きゃあっ」

どこからか、甲高い少女のものと思われる悲鳴が聞こえた。二人は、はっとして立ち止まった。

「また何か悪霊が――」

「違うわ、邪の気配じゃないわ、どちらかといえば、善の気配がするもの――」

絵梨香は、全神経を集中させて、周りの気配をさぐった。――と、

「きゃあああっ」

また悲鳴が聞こえてきた。

「絵梨香さま」

「川の方ね。行ってみましょう。気になるもの」

二人は足早に川の方に向かった。

☆

「ここは――」

見慣れない景色。テレビの時代劇で見るような風景が、広がっている。矜羯羅は、以前訪れたことのある、時代劇関連のテーマパークを思い出した。気が付いたら、ここにいたのだ。どうしてだろう。矜羯羅はあせった。落ち着こうとしても、心が混乱して冷静に考えられない。矜羯羅は、もう一度辺りを見回した。町人、町娘、武士――。いろんな格好をした人達が、通りを行き交っている。しばらく、目の前を通る人々を、眺めていた矜羯羅だったが、その中に、見覚えのある顔を見つけた。

「ゆっ、有紀美ちゃん？」

(間違いない、銀色の腰までとどく長い髪。色白の柔らかそうな肌)

玲羯羅は、有紀美と思われる少女に駆け寄るなり、

「よかった。有紀美ちゃん、困ってたの」

多少違和感を感じたが、いつものように、親しげに声を掛ける。しかし有紀美は――、

「あの――どなた？」

怪訝な表情で、玲羯羅を、いぶかしげに見つめるばかり――。

「玲羯羅よ」

初めは冗談かと思った。

「――こんがらさん？」

「うん」

しかし有紀美は――、

「こんがらさん――」

玲羯羅の名前を、小さな声で咀嚼し、もう一度、玲羯羅の顔を、まじまじと見つめた。

そして数秒の沈黙の後、

「――知、知りま――せ――ん――」

申し訳なさそうに、つぶやいた。

「有紀美ちゃんったら」

「ご、ごめんなさい。知らないんです」

有紀美は顔をひきつらせ、怯えるように後じさった。

「有紀美ちゃん?」

「あの、わたし、急いでますから——ごめんなさい」

有紀美は、一目散に、矜羯羅の前から立ち去った。

「あっ」

(行ってしまった)

有紀美の、逃げるように去って行く、後ろ姿を見送っていると、なぜか悲しくなった。目が自然と潤んで、涙が流れた。矜羯羅は、涙がこぼれ落ちないように、顔を上げた。有紀美が、なぜ、そんな態度をとったのか、分からなかった。意地悪をするような子ではない。やはり、冗談ではなかったのか。

矜羯羅は、有紀美と初めて会った時のことを思い出した。あれは、もう五年位前になるだろうか——。充が竜在陰陽道の陰陽師として、働くことになった五年前の夏——。矜羯羅と制咤迦は、充と一緒に初めて竜在家の屋敷を訪れた。立派な日本庭園を抜け、ヒノキ造りの扉を開け、縁側から庭園を見渡せる部屋へ通された。そこで、有紀美に出会った。最初は人見知りするのか、なかなか話そうとはしなかったが、有紀美が心を開いてくれるまで辛抱強く待った。その日以来、有紀美と仲良くなり、そのうち有紀美は、よく自分のことを話すようになった。今ではもう、親友とも呼べる友達なのだ。

（有紀美ちゃん――）

《――あのね、羚羯羅さん、わたし、もうすぐ誕生日なのっ》

（そう言えば、もうすぐ誕生日だって言ってたよね、だから、ちゃんとプレゼントも用意して、四百歳だから、四百本のローソクで、パーティーも――パーティーも――パ――）

「え？」

そこで羚羯羅の思考が止まり、

（よんひゃくさ――い――？）

（よんひゃくさい――）

（よん――ひゃ――く）

（――）

長い長い沈黙の末に、

「きゃあああ」

怒涛のような叫び声を上げた。今になって、初めて恐ろしい事実に気付いたのだ。

（そうだ、あの時――）

ここへ来た、本当の理由。

（さっきの有紀美ちゃんは、あたしの知ってる有紀美ちゃんじゃなくて、ここは、日光お江戸村でも伊賀忍者映画村でもないっ。ここは、本物の江戸時代で、さっきの有紀美ちゃんは過去の、江戸時代の有紀美ちゃんなんだ。落ち着いて、よく考えなくちゃ）

矜羯羅は、いつもの調子を取り戻すと、ここへ来るまでの記憶をたどった――。

《オン　アビラウンケン　ソワカ――》

（確かに、あの黒衣の美少女はそう言った。七ツの地獄の呪い。六ツの地獄を受け、七ツ目の地獄で、確実に、死をむかえるという――）

（死）

矜羯羅は、身震いした。

（死にたくない、でも、どうして江戸時代に来たんだろう――地獄を受ける場所なら、平成の現代でもいいはず。でも――待って――あの時、あたし、あたし――）

《時空、次元を越えて、魑魅魍魎よ、立ち去れ》

「そうだ」

　矜羯羅は、ある事実に思い当たった。

「龍脈を、時空あるいは次元の彼方へ葬る龍脈法を使ったわっ」

（だから、だから時を越えてしまったのね）

　矜羯羅は納得した。

　龍脈は、時空・次元を司る神と言われているのだ。つまり、矜羯羅は、龍脈によって、時空を越えたのだ。

（あの時、あたしの龍脈法は、あの謎の美少女に敗れた。あたしは反対に、術返しによって龍脈法をあび、さらに七ツの地獄の呪いをかけられ、時空の彼方に飛ばされた。江戸時代であたしは六ツの地獄を受け、七ツ目で死ぬ、ここで――。あたし――死んじゃうの？そんなのいや。信じたくない。何も考えたくない）

　矜羯羅は、耳をふさいで、かぶりを振り続けた。

　どれくらい時間が経っただろうか。急に、目の前が暗くなったような気がして、矜羯羅は驚いて顔を上げた。誰かの影だ。

「？」

さらに顔を上げた。すらっとして背の高い僧侶らしき男がいた。矜羯羅と目が合うと、

「おのれ、妖怪」

男はそう叫びながら、いきなり、刀で切りかかってきた。

殺気。

「きゃああ」

（これが一ッ目の地獄なの？）

矜羯羅は、すでに覚悟を決めていた。

（だけど、負けたくない。諦めたくない。必ず、生きて元の世界へ帰れる方法が、あるはずだ。龍脈は、闇に葬る次元ではなく、時代を越える時空をあたしに課した。これは何を意味しているのだろうか。もしかして、あたしには、江戸で何か、しなければならないという使命があるのだろうか）

矜羯羅は、男の容赦ない攻撃を、かろうじて避けながら、そう思った。

（あたし、負けない。それにしても、こいつ何てすごいの？　タダ者じゃないわ。このスピード。それに、確実に急所を狙っている。このままじゃ、火炎法を打てるタイミングが

はかれないじゃないのよ）

「妖怪退散っ」

男の剣が、振り降ろされる。と同時に、

「天海っ」

黄色い着物をおしゃれに着こなした、二人連れの少女の声が、響き渡った。一瞬、男の手が止まり、声の主を見た途端、表情が曇った。

「これは、竜在家の——」

男は、刀を鞘に納め、少女にお辞儀をした。

「何をなさっているの？　天海さん」

華やかな印象の方の美少女が言った。どうやら、もう一人の方の少女は、侍女らしかった。

「妖怪退治ですよ、絵梨香殿」

男は、絵梨香から矜羯羅に目を移した。

「——」

矜羯羅は、泣きそうな顔で、男をにらみつける。

「あたしは護法よ」

「そうよ天海。この子、悪霊でも鬼でもないわ」

絵梨香は、矜羯羅の方に歩み寄り、手を差しのべた。

「大丈夫？　護法さん。立てる？」

「――あ、ありがとうございます」

（似てる。彩夏さんに――。そっくり）

矜羯羅は目を見張った。この黄色い着物の美少女――彩夏にそっくりなのだ。

「泊まる所がないのなら、うちへ来ればいいわ」

「でも――」

「そんな、遠慮することないのよ、ね、日菜子」

後ろへ控えるようにして立っている、もう一人の少女の方を見る。絵梨香のような、超迫力美少女ではないが、何か守ってあげたい感じの、不思議な魅力の美少女だ。日菜子と呼ばれた美少女は、はにかんだ笑顔を見せ、黙ってうなずいた。

「ありがとう」

そう言った途端、不覚にも涙が流れ出した。弱気になってきているのだ。泣き出した矜羯羅に、絵梨香は、困ったような微笑を浮かべた。

「どうしたの？　護法さん。そんなに泣いちゃ、かわいい顔が台なしよ」

絵梨香は、手に持っていた着物と同系色の黄色い巾着から、だいだい色の手拭いを取り出した。絵梨香はやさしく微笑みながら、手拭いを矜羯羅に手渡した。その途端、矜羯羅は、彩夏の名前を叫びながら、絵梨香に抱き付いてしまった。心細い時、知った顔に出会うと、とにかくホッとするのだ。しかし、事情を知らない絵梨香は、可憐な横顔に当惑の色をにじませ、困ったように矜羯羅を見つめた。

「ごめんなさい。あたし——」

我に返った矜羯羅は、慌てて絵梨香から離れた。

（いけない。ここは江戸時代なのよ。彩夏さんのはず、ないじゃない。——でも。そっくり。生き写しって言うのかな、こういうの。でも誰なんだろう——）

矜羯羅は、絵梨香の顔を、まじまじと見つめた。

「——あたくし、竜在絵梨香。こっちは、あたくしの侍女の、日菜子よ」

「はじめまして」

日菜子は前へ進み出て、深々とお辞儀をする。

「あたし、矜羯羅」

矜羯羅も、慌ててお辞儀をする。

「――じゃ、矜羯羅ちゃん――ね――」

「矜羯羅さん――ですか――とってもかわいい名前ね」

「あ、ありがと――」

絵梨香の彩夏似の顔のおかげで、なんだか、いつもの自分に、戻ったような気がした。

「――あの――竜在って――もしかして陰陽道の――」

（もしかして、彩夏さんと関係のある人かも――）

さっきから気になっていたことを、口にした。

「ええ。はばかりながら、陰陽博士をしている者よ」

（やっぱり！　彩夏さんのご先祖様。竜在って名前で陰陽師だもんっ。おまけに顔だってそっくりなんだし）

矜羯羅は、胸が一杯になった。これは天の助けだと思った。助かるかもしれない。急に未来が明るくなったような気がした。宙を泳いでいた矜羯羅の視線が、天海の視線とかち合った。途端に矜羯羅の顔が、青ざめる。

「絵梨香殿。こんな得体の知れないやからを、屋敷に住まわせるなど――」

天海は、矜羯羅から視線をそらし、絵梨香の方を見た。

「指図なさる気？　あたくしが、何をしようと、あなたには関係ないわ」

「――分かっちゃいない――。あなたは将軍家の陰陽博士だ。あなたの行動は、将軍家の行動と見なされる。つまり、あなたの行動は将軍家全体の意思だと――」

「それは――分かってるわ。あなたに言われなくても」

「分かっているならそれでいい。ま、十分気を付けることですね。――あ、そうそう、それより聞きましたか？　マンダラ都市化計画――」

「ええ――たった今。残るは四隅に、四神の石像を配した橋だけとか――。それを、あたくしが、作ればいいいってわけね」

「そうです」

「詳しく説明していただけない？　その、マンダラなんとかって――」

「いいですよ。まず――江戸城を中心に鬼門の方角に橋。その反対の裏鬼門に日枝神社。北に日光東照宮。そして南に芝増上寺。この四つの建物で、江戸を守り、そして怨霊、悪霊、鬼などから市民を守る呪的な防御結界なのです。江戸を密教、いえ、私の奥義で、永遠に守護しようという、壮大な江戸マンダラなのです」

「あなたの奥義？」

「そうです。山王一実神道の修法の一つです。それじゃ、橋は、必ず十月までにお願いしますーー。じゃ」

「あっ」

「まだ何か？」

「いいえ」

天海は、口元を、歪めると、その場を足早に去った。

「何を考えているのか、分からない男ねーー」

天海の去ってゆく後ろ姿を見ながら、絵梨香が言った。

「ーーでもーー侮れない男よ」

☆

真っ赤な太陽が、今にも西の空に沈もうとしているーー。竜在陰陽道の創始者・絵梨香とその侍女であり陰陽師でもある日菜子と矜羯羅の三人は、武家屋敷の立ち並ぶ石畳の敷きつめられた通りへと入った。屋敷に戻るつもりなのだ。この時刻になると、人通りもまばらだ。怨霊のこともある。竜在家で夜通し怨霊鎮めの祈とうは行われているが、残念ながら、怨霊を一つ残らず消滅させることは出来ないのだ。敵は、より強い呪力で怨霊をこの江戸に放ち続けているのだ。だから一日も休まずに、祈とうを続けなければならない。

徳川家が天下を統一したといっても、豊臣家の力は侮れない。いまだに多くの大名達がかしずいている状態なのだ。とはいえ、このまま放っておく家康でもない。必ず、豊臣家を滅ぼそうとするに違いない――。絵梨香はそう思った。天海の動きも気になる。しかし今ぐずぐずしている暇はない。もうすぐ陽が落ちるのだ。昼間に怨霊が現れることはないが、夜になれば、必ず怨霊は襲ってくる。

（はやく、祈とうの準備をしなければ）

絵梨香は、歩調をさらに早めた。日菜子も、足取りを早めて絵梨香に続いた。

「絵梨香さま」

三歩下がって、ついてくる日菜子が、声をかけた。

「有紀美ちゃんにおつかい頼んで、正解でしたね」

「どうして？」

「有紀美ちゃんなら、必ず最中を買ってくるはずですし――」

「それが、どうして正解なの？」

「――で、でもお客様にお出しするには、やはり吉田屋の最中でないと」

日菜子は、遠慮がちにそう言った。

「――お客様？」

絵梨香は顔を曇らせた。日菜子は、後ろの矜羯羅の方を振り返った。

「――矜羯羅さんのことですが――」

「ああ、そうだったわね。お客様――だったわね」

絵梨香も、後ろを振り返った。

「いまいち頼りなさそうだけど――戦力には充分だわ」

「戦力？　わたし達と共に戦う――ということですか？」

「そうよ日菜子。天海から助けたのも、ある意味ではそうよ」

「――ということは――」

「そう。奴も、あの子を狙っていたということね。妖怪退治なんて言ってたけど、あれは護法としての力を、試すためのものだったのよ」

「そうだったんですか」

「天海にとって、強い護法は、邪魔な存在なのよ。いい拾い物をしたわ」

絵梨香は立ち止まり、再び矜羯羅の方を振り返った。前を歩いていた二人の視線に気付き、矜羯羅も立ち止まった。

「彩夏――じゃない――えーと、絵梨香さん？」

「――あら、あやか――って――そんなに、あたくしに似ているの？　さっきも間違えたみたいだけど――」

「えっ？　あっ、そっそうなの――そっくりなの――えへへっ」

「ふーん――そうなの。で、どういう人なの？」

「あたしのご主人様――充っていう陰陽師してる人なんだけど――その充の雇い主なの」

「今、どうしてるの？　その人――一緒？　それとも今あなた一人？」

「あたし、一人だけ」

矜羯羅は、力なくそう答えた。本当の事は、言わない方がいい。矜羯羅はそう思って、重要な事は、あえて飛ばしてそう答えたのだ。

「――そう――」

絵梨香は、それ以上、聞こうとはしなかった。矜羯羅は、内心ホッとした。

(絵梨香さんって、やさしい人――)

矜羯羅は、血を受け継いだ彩夏の姿を思い描いた。みんな、心配しているに違いない。

絵梨香が口を開いた。

「あたくしは、実力主義よ。護法の力に期待してる」

「はいっ、怨霊なんかやっつけるわ」

矜羯羅は力強く答えた。きっと、帰る方法を見つけてみせる。

「あら――誰が怨霊退治なんて、言ったかしら」

「え？　じゃあ何すればいいの？」

「――橋――建てるのよ」

「ええっ？　どうして橋なんか――あっ」

矜羯羅は、先程の天海の話を思い出した。しかし、力仕事は護法の範囲外だ。

「この日菜子だって、するんだからっ」

「ええっ、日菜子さんが？　こんなに華奢なのに？」

玲羯羅は、改めて日菜子の身体を見つめた。この時代には珍しく、ちょっと茶色がかった栗色の髪をしている。少し地味目だが、おとなしい感じの大人びた雰囲気の美少女だ。派手な美しさではないが、何か神秘的な魅力がある。

「大丈夫。玲羯羅さん。ちゃんと手伝ってくれる職人の方達が、いらっしゃいますから」

日菜子はそう言って、柔らかく微笑んだ。

「そ、そうなの？　良かった。筋肉がついちゃったら、どーしよーなんて思っちゃった」

玲羯羅の冗談をまにうけたのか、二人とも絶句した。

今更あがいても仕方ないのだ。

（でも今は——今は頼もしい味方が、二人もいるんだもん）

「あたし、がんばる」

（七つの地獄なんて、きっと乗り越えてみせる）

玲羯羅は、目をきらきら輝かせた。

「あたくしも、がんばるわっ」

「わ、わたしも——」

三人は、互いに目を合わせて笑った。

☆

絵梨香は、屋敷に戻ると、すぐに清めの冷水を浴び、儀式用の華やかな衣装に着替えた。

門弟達は、儀式の準備に忙しい。日菜子も矜羯羅も、準備に駆り出されている。絵梨香は一人で、儀式用の部屋に入ると、中央に座り、目を閉じて、完全に陽が落ちるのを待った。夜通し続けるのだ。今、下手に動いて、体力を消耗させるわけにはいかない。

（こんな毎日が、いつまで、続くんだろうか――）

絵梨香は、めずらしく不満をもらした。実際、絵梨香が心の中でさえ、不満をもらしたことはめったになかった。今のこの状態が、もう限界だった。絵梨香は疲れきっていた。

ついさっきまで、縁側に通じる障子から差し込んでいた、朱色の光が途切れ、同時に絵梨香の顔が、黒くかげる。

（もうすぐ陽が落ちる）

やがて、絵梨香は、目をゆっくりと開いた。障子越しに、楠の木から、木の葉がハラハラと散っているのが見える。その下を、忙しそうに行き交う人の影――。と――、突然、きれいな澄んだ笑い声が、飛び込んできた。矜羯羅の声だ。その声がとても楽しげだったので、絵梨香は思わず笑った。その瞬間、心の中でつかえていたものが、スッと消えたような気がした。矜羯羅の意志はどうであれ、矜羯羅には、人の心を明るくさせる何かがあるようだ。もちろん。本人は、まったく気付いていないが――。

枯山水の庭に、矜羯羅の声が響き渡った。荘厳な儀式の準備をしているのだ。一緒に準備をしている門弟達は、そろって目を剥いた。

「矜羯羅さんって、楽しい方ですね」

そんな門弟達の様子に気を留めることなく、日菜子は、のんびりとした口調で言った。

「そうだ。歌、うたおうよ『ミルキー☆りん』知ってるよね」

「はぁ――」

日菜子は、分かったのか分からなかったのか、曖昧にうなずいた。日菜子が首をかしげているので、矜羯羅は、もう一度、説明することにした。

「あ、分かんないよね。あのね。あたしの居た所で、とっても有名な、アニメの主題歌なんだ。ほとんどみんな知ってるよ」

「ああ、そうなんですか。流行歌なんですね」

「うん」

「お気に入りの歌なんですか？」

「うん。この歌大好きなの。かわいいし――」

「いいな」

日菜子は、子守歌しか知らないので、矜羯羅を、ちょっぴり羨ましく思った。日菜子の元気がなくなったので、矜羯羅は焦って、

「どっどうしたの？　日菜子さんっ。あたし、何か言った？」

「あっ、ううんっ、違うの――」

日菜子は首を振った。

「あのね。ちょっと羨ましくて、わたし、あんまり歌知らないし――」

「なんだ。そういうことなの。びっくりした。『ミルキー☆りん』教えてあげようか？」

「ほ、ほんと？　うれしい」

日菜子は、本当に嬉しそうな顔で、飛び跳ねた。

♪あのね――み・る・きー

玲羯羅は振りを付けてうたい出した。ミルキーの衣装があれば完璧だ。日菜子が、手拍子を始める。枯山水の庭に、玲羯羅のキュートな歌声が響いた。気が合いそうな日菜子と玲羯羅。

☆

「みなさん。お茶にしましょう」

『ミルキー☆りん』をうたいながら、重い楽器を運んでいた日菜子が声の方を振り返った。

「あっ有紀美ちゃんっ。お帰りなさいっ」

「ただいま戻りました」

長い銀色の髪を、さらりと揺らしてお辞儀をする。薄い陽の光できらきら輝いていて、とてもキレイだ。玲羯羅は、羨ましそうに見つめた。

（いいなぁ――あたしも、あんなキレーな髪になりたいなぁ――）

玲羯羅は、自分のくるくると綺麗にカールされたくせ毛の髪を恨めしそうに見つめた。

（あたし、もし帰れたら、ストレートパーマ、あーてよーっとっ。それに、充もストレートが好きみたいだし――）

《有紀美ちゃんって、キレイな子だな。髪もサラサラだし――いいよな》

矜羯羅は、いつか充が言った言葉を思い出した。矜羯羅は、胃がキリキリする想いで、その充のセリフを聞いたものだった。

（ストレートパーマあてたら、あたしの髪だってサラサラよ）

「あ、あなたは――さっきの――」

矜羯羅の視線に気付いた有紀美が、驚いたように目を見張った。

「あっ」

矜羯羅は、慌てて、思わず楽器を落としてしまった。

「あっあの――さっきは、人違いをしてしまって――」

まぁ、人違いには違いない。矜羯羅は、適当にごまかすことにした。

「そうなんですか、名前も同じなんですね、奇遇ですね」

「そ、そうだよね。えへへっ」

笑ってごまかす。

「お二人共、知り合いだったんですか？」

そんな二人のやりとりを、黙って聞いていた日菜子が、突然口を挟んだ。

「あっうん、そうなの。知り合いってワケでもないんだけど――ね」

矜羯羅は、有紀美の方を見て同意を求める。有紀美は微笑みながら黙ってうなずいた。

「はぁ――そうなんですか」

有紀美と矜羯羅の方を交互に見比べると、日菜子は、不思議そうな顔で、二度、まばたきをした。

☆

「そう言えば――」

枯山水の大きな石の上。有紀美の長い髪が、さらりと風に流れた。両隣に腰掛けて、おいしそうに、最中を頬張っている二人の少女が、揃って、声の主である有紀美の方を見た。

注目を集めた有紀美は、ちょっと恥ずかしそうに、うつむいて続けた。

「――明日から、橋の建設が始まりますね」

「――橋ですか――」

ちょっと溜め息まじりに、日菜子が言った。

「そんな大変な事になってるの？」

そんな日菜子の様子を見て、玲羯羅が、心配になって聞いた。

「いいえ。怨霊自体は、竜在家の力だけでも、何とかなります。けど——」

「けど？」

「わたしは、わたしは絵梨香さまのお体が、心配なだけなんです。ろくに眠りもしないで毎日、陽が落ちてから昇るまで、怨霊鎮めの舞を、踊り続けていらっしゃるんですもの——」

「ええっ。じゃ、夜中ずっと？」

「——そうなんです。だからわたしは、絵梨香さまに、天海様の申し出を受けるように、お勧めしたんです」

「天海って、さっきの男？」

「ええ——わたしも、あの人のこと、あまり信用出来る方だとは思ってませんけど——」

（何だか、奥歯に物がはさまったような言い方——）

玲羯羅は、自分を殺そうとした、さっきの男の事を思い出した。

(あたしを見る、ぞっとするような鋭い目――。怖いっていうもんじゃなかった――。あいうのを邪眼っていうの？　人を呪い殺すっていう――。それにあいつの言ってたこと――マンダラなんとか――？　も、いまいち、うさん臭いし――)

「――あの――矜羯羅さん？」

「ん？」

「あの――最中――もう一ついかがですか？」

有紀美は、盆の上に並べた最中を差し出した。矜羯羅は、一口で、最中を頬張った。

「中に桜餅が入ってるんですよ」

「うんっ、これいけるよ、おいしいっ。さっきのあんこもおいしかったけど、こっちの方がさっぱりした感じでグッドだよっ」

「そうですか？　わたしもそう思うんです。他にもね」

(やっぱり有紀美ちゃんって、昔から最中の話になると饒舌になるのね。かわいい♡)

矜羯羅は、懐かしさで胸が一杯になった。

(早く帰りたいよ)

☆

闇が訪れた。明かりは灯さない。月明かりと星の明かりだけで、怨霊鎮めの儀式が、執り行われるのだ。

まず、青赤白黒黄の、五色の幣で飾られた舞台目がけて、弓が引かれる。物の怪退散の呪法で、汚れを祓うのだ。そして、障子の向こうから、晴明忌《せいめいいひ》と呼ばれる星型を一筆で書いた模様が刺繍された衣装を着た美少女が出て来た。絵梨香だ。絵梨香は、縁側に出て、そのまま裸足で庭へ降り、舞台へと上がった。その舞台の下に、ずらっと居並ぶ門弟達――その中に、心配そうに、絵梨香を見つめる日菜子がいた。

(もう、三か月も、ろくに眠っておられない――。愚痴一つ、こぼさないお方だけれど、このままでいいわけがない。このままでは、怨霊どころか、お体がもちませんっ)

日菜子は、痛ましい思いで、絵梨香を見つめる。やがて、木の葉が舞い落ちる中、扇子を持った絵梨香の腕が、ゆっくりと上げられる。それを合図に雅楽が流れ出した。可憐な絵梨香の舞。いつもながら、惚れ惚れする舞。蝶のように優雅で愛らしく、それでいて、完璧なまでに美しい。

（絵梨香さま――）

しばらくたった後、日菜子達門弟は、怨霊の消滅を念じながら、真言を唱え始める。しかし、日菜子は集中出来ないでいた。日菜子は、どうしても絵梨香のことが、気にかかって仕方なかったのだ。

☆

「矜羯羅さーんっ。湯加減どうですかぁー？」

「ちょうどいいよー。有紀美ちゃんも、一緒にどーお？」

「えっ。わたしはいいです。わたし、ここで湯加減見てますから――。すごく熱くなったり、冷たくなったりしたら、大変ですから――。フーフー」

夜更け。屋敷外れのお風呂場で、満天の星がきらめいている中、有紀美は、竹筒で一生懸命、火をおこしている。

「フーフーフー――ゲホッ――ゲホッ」

「きゃっ。有紀美ちゃんっ大丈夫？　いきなり咳き込んだりして」

ザブッ。

矜羯羅は心配になって、木の窓の隙間から顔を出し、外をのぞいた。その途端、

「きゃっ。ヤダ。矜羯羅さんったら——恥ずかしい——」

有紀美は、矜羯羅の裸を見てしまい、顔を真っ赤にして、両手で頬を覆った。

「——有紀美ちゃんったら、とっても恥ずかしがり屋さんなのね。かわいい、でも女同士じゃない、そんなに恥ずかしがることないよ」

「そ、そういうものなんですか？」

「うん、そうよ。さっ一緒に入ろっ。早く脱いで脱いでっ」

「で、でも——」

「あっ分かった。有紀美ちゃんお風呂嫌いなのね。ダメよ。女の子なんだから。最低四十分は、お風呂に入んないと——」

「えっ四十分も？」

「うん。制咤迦なんか、一時間も入ってるのよ。あっ。制咤迦って、あたしの相棒なんだけどね」

「い、一時間も？　そんなに入って、一体、どうするんですか？」

「そんなの決まってるじゃない。スミからスミまで、頭のてっぺんから、足のつま先まで洗うのよ」

「はぁ――。スミからスミまで――」

「うん。そうよ。スミからスミまで。くしゅんっ」

「あっ、矜羯羅さん、風邪ひいちゃう。早く、お湯につかって下さいっ。さっ早く。今、熱くしてあげるからね」

「くしゅんっ。あ、ありがと。有紀美ちゃん。ごめんね」

矜羯羅は、急いでお湯につかり直した。

「くしゅんっくしゅんっ。うーさむいー」

「矜羯羅さん、大丈夫ですか？　フーフー」

「ごめんね。有紀美ちゃ――くしゅんっ」

「そんなっ。気にしないで下さいっ。フーフーフーフー」

じわぁー。

（なんて、なんてやさしい子なの？　それなのに、あたしったら、一度でも有紀美ちゃんのこと疑ったりなんかして――）

じわじわー。

うるうるー。

感激して目が潤んできた。

（いけないっ、このままじゃまた泣いちゃう——。もう泣かないって決めたんだもんっ）

矜羯羅は、つかっているお湯を両手ですくって、顔をじゃぶじゃぶ洗った。

「——フーフー。矜羯羅さーん。どうですかー？　あったまりましたかー？」

「あ。有紀美ちゃん。そう言えば、もうくしゃみ出ないよ。寒気も、どっかいっちゃったみたいだよ」

「本当ですか？　良かった。あ、わたし、もっと薪持って来ますね」

「そんな、もういいよ有紀美ちゃん」

「遠慮しないで下さい。矜羯羅さん」

バタバタバタバタ——。

「——そんな——有紀美ちゃんったら——」

有紀美の遠ざかる足音を聞きながら、矜羯羅は、ひとりごちた。熱い湯の中で、おもいっきり身体を伸ばす。木の窓から綺麗な満月が見えた。江戸の夜は暗く静かで、怨霊を放っているなんて考えられないくらいだ。

「それにしても、今日は色んな事があったなぁ――。なんだか大変な事になってるみたいだし――。ちょっと溜め息――」

玲羯羅の脳裏を、不安がかすめた。

「あたし――どうなっちゃうんだろう――」

ぶくぶくー。

玲羯羅は、お湯の中に、顔を半分うずめた。

第七章

朝早くから、玲羯羅達は、上野忍岡へと出掛けた。もちろん、橋を造るためである。

江戸城の鬼門に当たる忍岡。この地に江戸鎮護の目的で建てられたのが、四神の石像を四隅に配した橋――四神橋。この橋は、大坂冬の陣を控えた一六一四年の秋、天海発案の『江戸マンダラ都市化計画』を実行するために建てられたのだった。江戸の人々を豊臣方の放つ怨霊から守るため、多額の費用をかけて実行に移されたのだ。そして今。他の三つの建物は完成し、残りの一つ――橋を完成させるため、竜在家の力が必要とされたのだった。

†

「これが、四神橋の設計図ですか――」

玲羯羅の隣で、日菜子が、びっくりしたような声を上げている。日菜子が驚くのも無理はない。高さ約五メートル。全長二十五メートルの巨大な橋なのだ。江戸一番の大きな橋でもこれ程ではない。

「こんなに巨大なら一週間でなんて、到底無理な話ですよね」

「そうだよね。大きすぎるよね――」

矜羯羅も、困ったように首を振っている。周りも、諦めかけたような雰囲気になった。

しかし――、

「何言ってるんですかっ。今すぐ始めれば、何とか間に合いますっ」

大声で反論した者がいた。有紀美だ。

「さぁっ、ぐずぐずしないで始めましょう。みなさんっ。さぁっ」

有紀美は、一生懸命、みんなを勇気づけた。

「そ、そうですよね。有紀美ちゃん。やってみないと分かりませんよね」

「そうだそうだっ」

有紀美に励まされて、日菜子も門弟達も、ようやく、やる気を出したようだ。

「はいっ、がんばりましょうっ。きっと、やれば必ず出来ます。必ず間に合いますっ」

使命に燃える有紀美。みんなを励まそうと、門弟達の手を握り締めた。

（有紀美ちゃん――）

矜羯羅は、感動で胸が熱くなった。

（きっと、本当は恥ずかしいんだよね。大きな声出して、精一杯勇気だしたんだよね。有紀美ちゃん――）

「何やってるんですかっ。矜羯羅さんっ。さっ、始めましょうっ」

ボーッとしている矜羯羅に、有紀美が声をかけた。我に返った矜羯羅は、

「あ、うん、今行く、有紀美ちゃ――きゃあっっ」

慌てて足を滑らし、転んでしまった。着物が乱れ、足の隙間から白い下着が見えた。

（ウソー、こんな姿、充や制咤迦には見せられないよー）

「ん？　何ですか？　そのはきものの絵柄は――」

有紀美が、不思議そうに、矜羯羅の下着に見入った。そこへ日菜子が現れ、

「そのはきものの染め物は――確か、中国の動物――パンダとか言う名前の動物です。確か書物で読んだことが――。つぶらな目の回りの黒く愛らしい隈模様――それにフワフワの毛並み――間違いありません。これはパンダです」

日菜子は、倒れたままの矜羯羅を、助け起こそうともせず、下着に見入っている。日菜

子は、常に向上心に溢れ、勉学に励んでいた。

(し、しまった。こ、これは——これはいつか、制咤迦にバカにされたことのある、パンダのパンツだった——)

動揺した矜羯羅は、慌てて立ち上がり、

「ちっ、違うわっ。これはキリンよっ。キリンッ」

心にもないことを口ばしる。

「えっ? パンダに決まってますっ。それにしても、変わったはきものですね。寺子屋の子供達にも見せたいので、今度、来ていただけませんか?」

日菜子は、執拗にパンダ説を唱えた。

「う——うん——」

矜羯羅は、曖昧な笑みを浮かべ、自分の間抜けさを呪った。

(これは絶対二つ目の地獄だわっ。今度からはもっと、大人っぽいセクシーランジェリーに変えなくちゃっ)

そう、心に誓った矜羯羅であった。

☆

昼下がり。遠くから、すでに運ばれて来た石を積み上げて、橋を造ってゆく。その作業を繰り返して、橋を造るのだ。三分の一程完成したあたりで、休憩することになった。少し遅い昼御飯を食べた後、羚羯羅達は、現場から、少し離れた川辺に腰を下ろした。

「すごいよね。もう三分の一も、完成したんだよね」

おやつの最中を頬張りながら、羚羯羅は、興奮した調子で喋っている。

「そうですね。わたしも、まさか、こんなに出来るとは、思ってもみませんでした」

日菜子も、興奮を、抑え切れない様子だ。

「これも、みんなを励ましてくれた有紀美ちゃんのおかげだよね」

「そうですね。有紀美ちゃんの励ましがなかったら、今頃、投げ出してしまっていたでしょうね」

「やっぱり、諦め半分でやってると、出来るものも出来なくなるよね。有紀美ちゃんはすごい。さすが座敷わらし」

「ほんとほんと」

有紀美は、うつむいて、二人の話を、黙って聞いている。

(そう言えば――)

玲羯羅は、いきなり遠い目になった。

(充も言ってたわ。諦めちゃダメだって――)

「あたし――あたしがんばるわ――充――」

玲羯羅は、二人には聞こえないように、小さな声でつぶやいた。

「玲羯羅さん。どうなさったんですか? 目が潤んでますよ」

有紀美は、心配そうに、玲羯羅の顔を、のぞき込んだ。

「えっ? ヤダ、有紀美ちゃん――。そっそんなことないわよぉ――」

玲羯羅は、無理に笑顔を作って、ガッツポーズを決めようとした。が、その拍子に、手に持っていた最中が、転がってしまった。

「ああっっ」

三人の声が重なる。一番大きな声を出したのが、有紀美だった。

「もったいないじゃないですか」

有紀美は、急いで、転がってゆく最中を追いかけた。

「大丈夫。中のあんこは大丈夫です。ほらっ」

有紀美は、最中を拾って、外の皮のところを取り除き、中の無事なあんこを見せた。

「ねっ」

「あ――う、うん、ありがと有紀美ちゃん――」

矜羯羅は、恐る恐る最中を受け取った。

(だ――大丈夫かな――)

「あれ？　食べないんですか？　矜羯羅さん」

じっと最中に見入っている矜羯羅に、有紀美が、不思議そうに声をかけた。有紀美の辞書に、拾い食いしてはいけないという言葉はない。

「大丈夫ですよ。矜羯羅さん。あんこだけでも、おいしいですよ。さあっ」

「――あ、そ、そうだね、有紀美ちゃん」

矜羯羅は、有紀美を傷付けてはならないと思い、意を決して最中を口に運ぼうとした。

その時、

「みんな何をしてるの？」

突然、絵梨香が現れた。矜羯羅は助かったと思い、砂の付いた最中を放り出し、絵梨香に駆け寄ろうとした。しかし、余りにも慌てていたため、着物の裾を踏んでしまい、勢い余って帯までほどけ、着物が脱げてしまった。羚羯羅の白い足が剥き出しになる。パンダのパンツも見えてしまい、羚羯羅は悲鳴をあげた。

「大丈夫?」

日菜子と有紀美は、慌てて羚羯羅を助け起こし、着物の乱れを直して帯を結び直してあげた。

「ありがとう、あたしって今日は転んでばっかりね」

「気を付けてね」

「うん」

「ところで絵梨香ちゃん。今まで一体どこに行ってたの?」

有紀美がそう言うと、絵梨香は、急に険しい顔つきになった。

「それが――大変な事になったのよ」

「大変な事?」

「ええ――。豊臣方と、戦になるかもしれないの――」

「ええっっ。それ本当ですか?」

絵梨香は、サラサラの長い髪に手をやりながら、無言でうなずいた。

「ただの大名になったとはいえ、豊臣家は、天下統一の最大の障害だもの。ま、そんなことは最初から分かっていたからいいんだけど――。家康だって、豊臣家を潰したいに決まってるわ。それに怨霊だって送り込んでいるし――」

「だったら――」

「いいえ、そうじゃないの。あたくしが心配しているのは、別の事なの」

「別の事?」

「ええ――。方広寺鐘銘事件って知ってるわね」

「うん――」

三人は、真顔でうなずいた。

方広寺鐘銘事件とは、家康が豊臣家の鐘銘に『国家安康』の文字が刻まれているのを見つけ、この語を『家康の名を二分しており、将軍家を調伏祈願するもの』という因縁をつけ、大坂冬の陣の戦いを引き起こす口実にした事件のことだ。

「方広寺鐘銘事件の黒幕は、天海らしいの――」

天海が、徳川家康に、入れ知恵したということだ。

「それが、どうして心配な事なんですか。天海は将軍家の家臣でしょ？　主人が豊臣家と戦を起こすきっかけ、欲しがってたんだから、いい案思い付いたら、言うのは当り前よ」

「あたくしも、自分がなぜ不安なのか、よく分からないの――。これは直感なの。なんとなくそう思うの。あの男、危険だって――。でもこれだけは言える。天海は、絶対に何か企んでる。豊臣家と徳川家を戦わせて、何かとんでもない事を、しようとしている――」

絵梨香は、答えの出ない問いに、頭をめぐらせていた。

同じ頃。秀吉に恩顧を受けた大名・浪人達が、ぞくぞくと、大坂城に結集していた。

☆

陽は少し傾いていた。矜羯羅、有紀美、日菜子、絵梨香の四人は、大急ぎで帰り支度に取り掛かった。ぐずぐずしてはいられない。陽が落ちればまた、怨霊が襲って来るのだ。

「光淋」

「はい」

光淋と呼ばれた少女は、トンカチを片付けるのを措いて、急いで絵梨香のもとに走って来た。美少女というよりは、ちょっとかわいい普通の女の子といったような感じだ。好感の持てる、親しみやすい女の子。きっとアイドルになったら成功しそうなタイプだ。

光淋は、ぺこぺこしながら、絵梨香の前に立った。

「なんでしょうか。竜在さま」

「あなたに頼んでおいた四体の石像は、もう出来上がったかしら」

「はいっ。あと目を入れれば、完成でございます」

少女は、へりくだったように言った。

この少女は、実はタダ者ではない。なんと、あの名工、俵光悦の一番弟子、俵光淋《たわらこうりん》なのである。俵光淋の名は、日本全国津々浦々に知れ渡る程有名なのだ。彼女の作った彫刻は、まるで、生きているようだと評判で、実際、本当に動き出したという逸話も聞かれる程だ。だから、彼女は、人の像は絶対作らないとか、動物の像は作っても絶対目を入れないとか、そんな噂が、飛び交っているくらいなのだ。

絵梨香は、光淋の答えを聞くと、満足そうにうなずいた。

「じゃあ、三日後に持って来てね。もしかすると、二日後になるかもしれないけど――。とにかく、出来るだけ早くお願いね」

「はい」

光淋は、深々とお辞儀をすると、長い髪をかき上げて去って行く、絵梨香の後ろ姿を見送った。光淋は、両手を合わせた。

光淋は貧しかった。この時代、名家のお抱えにでもならない限り、芸術家、とくに職人気質の芸術家は、とても貧乏だったのだ。

「――あれれ？　なんか急に寒気が――おかしいな――」

にわかに立ち始めた風が、突風のように吹きすさんだ。

光淋は、風で乱れた着物を直し、再びトンカチを握った。

☆

「絵梨香さま」

提灯を手にした日菜子が、絵梨香の行く手を阻むように、一歩前へ出た。絵梨香は、分かっているという風に、無言でうなずいた。吹きすさぶ風から何かの気配を感じたのだ。

「怨霊？　でもまだ陽は落ちてないわ。怨霊は陽が落ちないと出ないものよ――」

「そうですね――」

日菜子はうなずいた。しかし、一陣の風の中に、何か、得体の知れない気配が、感じられたのは事実だった。日菜子は、もう一度、辺りをぐるりと見回し、その気配を探した。大坂方の放つ怨霊ではない。異界の鬼や化け物でもない。

（何だろう――今までこんな気配――感じたことない――）

日菜子がそう思った時だった。緊張して張り詰めた神経が、何かの気配を探り当てた。

（何？　これ――）

今まで感じたことのない衝撃だった。異様な匂いが漂っている。

「わたし――震えてる――絵梨香さま――？」

隣に立つ絵梨香の方を見る。絵梨香もまた、真っ青な顔で、立ちすくんでいた。

「絵梨香さま？」

「――日菜子――。空が――」

「えっ？」

日菜子は、恐る恐る、絵梨香の指差す方向を見上げた。

「もしかして眷属神――」

その数、十六万以上にも及ぶ悪神が、江戸の空を、黒く、埋め尽くしていた。

「眷属神？　いったい誰の眷属なの？」

今度は、矜羯羅が言った。矜羯羅もまた、青白い顔で震えていた。

「――これだけの数になりますと――御霊――では――」

有紀美は、比較的冷静に答えた。御霊とは、人々に祟りをなす鬼神の事である。

「御霊といえば――」

「そう――天神――菅原道真――ね――」

絵梨香は、日菜子の言葉を遮ると、震える声でそう言った。

ぽつり、ぽつりと降って来た雨は、やがて大雨に変わった。風が吹きすさび、江戸の町は、天神の出現を待つ眷属神達で、黒く埋め尽くされていた。

有紀美は、唇を噛んだ。

「誰が――誰がこんなことを――ひどい――」

「そんなの決まってるわ。これから戦が始まる大坂方の奴等よ――。なんて卑怯なのっ？

正々堂々と、武力で勝負すればいいものを――」

絵梨香は、空を見上げ、悔しそうに眷属神をにらみつけた。

「あの黒いのが、天神の眷属神なのね」

矜羯羅が言った。

「はい。つまり、あの眷属神の親玉が、菅原道真ってことです。彼は、現世に恨みを残して死に、そして、世界最大の怨霊・御霊神となって、人々に、多くの災厄を、もたらして来たのです。彼は、天神として、北野天満宮に祀られているはずなのに——。大坂方の呪術師が、天神を復活させたのですね」

「いいえ。まだ、天神は現れていないわ。有紀美ちゃん」

「えっ？　どういうことですか？　絵梨香さま」

「御霊の復活は、七日七晩、祈とうしなければならないの。今日が、その一日目ね」

「ということは——」

「——そう、あと六日——」

「六日後、江戸は、どうなってしまうんですか？」

「六日後、天神が出現し、江戸は、いえ日本は、海に沈んでしまうわ。大坂も海に沈んでしまう——。彼らは、分かっているはずよ。何を企んでいるんだろう——。江戸だけ海に沈めることが出来るんだろうか——。そんなの無理に決まっている。なのに——どうして？　どうすればいいの？」

「絵梨香さま――」

日菜子は、落ち込む絵梨香を、心配そうに見つめた。

「つまり、天神の子分が現れたってわけね。そして六日後、天神が現れ、江戸が海に沈んじゃう――そういうことなのね。天神って神様だと思ってたのに、実は悪い奴だったのね」

「違いますわ、矜羯羅さん。神様は、必ずしも良い神だとは限りません。人々に祟る神だからこそ、人々は怖がり、恐れ、それゆえ、神として祀ってきたのです。御霊神は、強大な力を持つ鬼神です。それゆえに、神として祀る必要があったのです。御霊は、決して、根絶させることは、出来ないんです」

「――そうね。その通りよ有紀美ちゃん。だから、あたくしは怖いの。御霊は、決して、調伏することは出来ないんですもの。一旦、その怨霊が解き放たれると、その怒りが鎮まるまで、待つしか出来ないんだもの」

「――じゃあ、六日後、海に沈むのを、黙って、見ているしかないっていうことなの？」

と矜羯羅が言った。

「そういうことね」

「じゃあ、あたし達、みんな水死しちゃうってこと？」

「残念だけど――。天神を封じる方法は、ないの」

「そ、そんな――。で、でもでも、天神復活の儀式をしている奴等を捜し出して、祈とうをやめさせればいいんじゃない。そうよそうよ。そうしたら、祈とうは出来なくなって、天神も復活出来ないわ。ね、絵梨香さん」

「――それは無理ね。眷属神が現れたからには、いくら祈とうをやめたって、眷属神自身が天神を呼んじゃうわ。六日後ではなく、一か月、あるいは半月ぐらいで――」

「そ、そんな――」

（これが、正真正銘の地獄、三つ目の地獄――）

「――諦めちゃダメです。絵梨香さま。こんなことで弱音を吐くなんて、いつもの絵梨香さまじゃないです。こんなの、わたしの知ってる絵梨香さまじゃないっっ」

「日、日菜子――」

絵梨香は、泣きながら一生懸命、自分を勇気づける日菜子を、驚きの目で見つめた。おとなしい日菜子が、こんな風に、自分をなじったことは、今まで、一度もなかったのだ。

「絵梨香さま。いつもの絵梨香さまに戻って下さい。わたしの大好きな絵梨香さまに――」

「日菜子――。分かったわ。戦うしかないわね。十六万以上の眷属神と、戦えるかどうか分からないけど。やるだけやってみるわ。六日以内に、十六万の眷属を、一つ残らず封じるわ。こんなの、気休めにしかならないと思うけど、手をこまぬいて六日間待つよりは、ずっとまし」

「絵梨香さま」

「あたくし――恥ずかしい。あたくしは、将軍家の陰陽博士なのよ。そのあたくしが、逃げ出しちゃダメよね。ありがと日菜子。あたくし、大事な事を忘れるところだった」

絵梨香は、晴れ晴れとした表情で、顔を上げた。どうやら、迷いは吹っ切れたようだ。

「江戸を守るのが、竜在家の、陰陽博士としての役割――」

「ご立派ですわ。お二方共――。わたし――感動しました」

有紀美は、両手を胸の前で組み、キラキラした目で、二人を見つめた。

絵梨香は、懐から紙を取り出し、人の形に結んで、真言を唱えながら紙に念を送った。

すると、紙は、フワフワとひとりでに浮き始め、あっという間に、異形の鬼に変化し、空の眷属神へと向かって行った。

「すごい。式神ですわ」

有紀美は、感嘆の声を上げる。式神とは、紙などの無生物に、自分や、他の生物の呪力や念を送り込んで使用する鬼神のことである。

「ね。玲羯羅さん。あれれ？　こんが——ら——さん——？」

有紀美は、心配そうに、玲羯羅の顔をのぞき込んだ。

「どうなさったんですか？　顔色が真っ青ですよ」

「——ゆ、有紀美ちゃん——あたし、足がすくんで立てない。絵梨香さんや、日菜子さんのように、眷属神をやっつけたいのに——。ダメなの。あたし恐いの」

「こ、こんが——ら——さん？」

「龍脈使いたいけどムリなの。龍は、龍脈は——あたしの所へは、もう、来てくれないかもしれない——」

「玲羯羅さん——」

「あたしには出来ない」

たった一度の失敗が、玲羯羅を憶病にさせていた。また失敗するんじゃないか。玲羯羅はそう思って、戦えないでいた。

「有紀美ちゃん。あたし、自分がもう嫌になった。あたしね。ずっと、自分では積極的で勝ち気で、すごく恐いもの知らずだと思ってた。でも違った」

玲羯羅は、自嘲ぎみに笑った。

「玲羯羅さん――」

「あのね、制咤迦っていう相棒がいるんだけど、あたしね、制咤迦のこと、恐がりだの憶病だの、泣き虫だのって、ずっと言ってたけど、それって、実は、あたしのことだったのよ。今、分かった。あたしって、あたしって、とんでもない憶病者だったのよ」

玲羯羅は、頭を抱え、がくりと膝をついた。

「玲羯羅さん」

玲羯羅は、独り言のように続けた。

「敵を前にしても、戦えないでいる自分が、情けない――でも、震えが止まらないの」

玲羯羅は、精神的に追い詰められていた。

玲羯羅にとって、この衝撃の事実が、最も過酷で残酷な、四つ目の地獄となった。

☆

次の日の朝。江戸城で、緊急の会議が開かれた。雨は、いよいよ激しさを増し、江戸中の川が氾濫し、江戸の町は大混乱となった。会議は、極秘で行われた。出席者は、家康の側近の僧・天海、陰陽博士の竜在絵梨香、そして家康。絵梨香と天海は、御簾の後ろにいる家康の前で、向かい合い、互いに火花を散らしていた。江戸の様子を報告しあった後、家康の「何か良い策はないか」の一声に、絵梨香が首を振っているのを尻目に、天海は、不敵な笑みをもらした。

「いい策がございます」

「というと――」

御簾の奥から家康が言った。

「――五神の儀式でございます。つまり、今開発中の、江戸マンダラ都市化計画で、鬼門を守る四神橋を建てていますが、その四神を五神にするのです。つまり、東に青龍、西に白虎、南に朱雀、北に玄武の石像を配し、そして、これに、中央に黄龍の石像を、加えるのです。つまりこういうことです。青龍、白虎、朱雀、玄武の四神像を結界にし、中央の黄龍像に御霊を封じ込め、その四神の結界によって、永久に御霊を封印さえすれば、その眷属も、自然に消滅します」

「いつ、その五神の儀式を決行するのか？」

「五日後、天神が復活すると同時に、忍岡の橋の上で御霊——天神・菅原道真を、黄龍像に封じます」

「天海が封じるのか？」

「いいえ——これはやはり、陰陽博士の分野でしょう。私は、私では役不足でしょう」

「あたくしが？」

「——はい——。江戸の明暗は、絵梨香殿の肩にかかっています」

「竜在。儀式は竜在家の手で執り行え。五日後、儀式が終了すると同時に、大坂へ兵を送る。開戦じゃ」

家康はそう言うと、部屋を後にした。

「は、御意」

二人は深々と頭を下げ、家康を見送った。

☆

「竜在さま」

江戸城から出ようとする絵梨香に、小さな女の子が声をかけた。絵梨香は、番傘を開きながら、女の子をにらみつけた。

「なあに？　あなたこんな雨の中、何してるの？　早くお家に帰りなさいっ」

「あの――これ――」

女の子はそう言うと、何か手紙のようなものを差し出した。

「あたくしに？」

「うん」

絵梨香は手紙を受け取るとその場で手紙を開いた。将軍家の家紋がある。家康からだ。

「何だろう――」

絵梨香は急いで手紙に目を通した。手紙の内容はこうだ。

大坂へ行き、孫娘・千姫を救出して欲しい――

絵梨香は門弟のうち、誰を行かそうか思い悩んだ。日菜子以外は、信頼できそうもない門弟達ばかりだった。日菜子は五神の儀式のために働いてもらいたい。そこで、白羽の矢が立ったのが、矜羯羅だった。矜羯羅の大坂行きが決定した。その旅が、矜羯羅にとって、五つ目の地獄になるのは、確かなことだった。

第八章

現代。東京。すでに、夜中の十二時を、回っていた。羚羯羅は、まだ見つからない。とりあえず捜索は一時中断し、充、制吒迦、彩夏の三人は彩夏の家である竜在陰陽道へと向かった。今後のことを、話し合おうというのだ。

「彩夏さん、さっきの黒衣の女は、一体何者だったんでしょうか」

車の後部座席に座っている制吒迦が言った。

「――たぶん――傀儡《くぐつ》ね――」

数秒の沈黙の後、彩夏が言った。

傀儡とは、術者の霊力を使って作り出す実体のない人形のことである。いわば、精神オーラの塊みたいなものだ。つまり術者――傀儡師の言う通りに動く使い魔のことである。

「彩夏。あのTバック姉ちゃんが傀儡だったってことは、もしかして――」

「そう――。相当すごい術者がいるってことよ――。傀儡を自由に操れる奴が――」

「傀儡使い――傀儡師が彼女を操ってたってことなのね」

「そうとも言えないわ。傀儡師であることは間違いないと思うけど、ただの傀儡師じゃないと思うの。他の術――例えば陰陽道、密教、修験道、道教など、色々な魔術をつかえる術者だと思うの」

「そんなすごい術者がなぜ、充さまを襲って来たんだろう――」

「――分からないわ。最近おかしなことばかり続くのよ。いくら占ってもまったく同じ答えしか出ないし。それに、星が変なのよ――」

「星が？　そう言えば最近いやに明るいよね。全然暗くないよね」

「そうなの。陰陽道では、天文の異変は、何か大きな事件を予兆するとされているの。だから、何か大変な事が起こるような――そんな気がするの――」

「大変な事――」

充は、こぶしをぎゅっと握りしめた。

「充さま――。大丈夫よっ。矜羯羅きっと無事でいるよ。あたしには分かるの」

制咤迦は、力強くつぶやいた。

「ああ――そう――だよな――。あいつが簡単にやられるわけねえよな」

「うん、そうだよ、きっと大丈夫――」

「あっそう言えば、お前さっきオレを呼んだだろ？　オレが不動金縛りの法をかけられる直前。『充さまぁっ』って――。ほら、二人で別々に矜羯羅を捜してた時だよ」

「――充さま。あたしのことそんなに心配だったの？　あたしうれしい」

そう言って、制咤迦は、ガバッと勢いよく充に抱き付いた。

「おいっ、離れろよっ」

「やだもんっ」

充は、制咤迦を引き剥がそうとするが、制咤迦は、しつこく、充の身体にまとわりついて、離れようとしない。充に抱き付いた格好のまま真剣な声で言った。

「白昼夢を見たの。充さまが死ぬ夢を」

「そんなの信じるな、オレは無事だ。彩夏のおかげで助かったんだ。とにかく離れろよ」

「やだ」

「離れてくれよ」

「やだもん」

二人がそんな押し問答を繰り広げている間――。

（制咤迦ちゃんから電話もらった時、やっぱりって思ったわっ。やっぱり何か起こったんだって——。何か大事件が起こったんだって——。でもあの傀儡——なぜ充を襲ったんだろう——。陰陽師を殺したいってことは、何か普通ではない大それたことを考えていて、それでその大それたことを実行するためには、あたし達陰陽師が邪魔だってことよね。だから充を襲った——。でも分からないわ。一体何が起ころうとしているんだろう——)

彩夏は、長い髪をなでながら、しきりに考え続ける。

——と、その手が、髪に結んだリボンに触れた。朝、紫の占いのことが気になってつけた紫色のリボンだ。紫の占示が気になって、思わず紫色のものを選んでしまったのだ。

(紫——。紫の占いが、このことと関係あるんだろうか——)

すると、

「あれ？　彩夏さん、今日は紫色のリボンなんだ」

突然、制咤迦の声。

「あ、うん、そうなの。今日は紫色にしてみたの」

彩夏は、ちょっぴり自嘲ぎみに言った。

(単純なんだ。あたしって——。紫色の物を見かけると、思わず買っちゃうんだもん)

「ふうーん。でも——ぴったりよ。すごく似合ってる」

「どーして?」

「だって、紫は高貴な色。皇帝の色だって言うじゃない」

「皇帝の色――」

「彩夏さんの高貴な血筋にぴったりよ。まさに彩夏さんのために作られた色」

「皇帝の色」

「きゃん」

彩夏が大声を出したので驚いた制咤迦は、思わず充の背中に隠れた。が――、

「?」

当の彩夏は、制咤迦の事などまるで目に入っていないかのように、『皇帝の色っっっ』と叫んだきり、押し黙ったまま、何かしきりに思いを巡らせているようだった。

(皇帝の色――。紫は皇帝の色――)

彩夏は、なぜか、制咤迦のその言葉が気になった。何かひらめいたような気がしたのだ。何か重要な事が、その言葉の中に潜んでいる。そんな気がした。でも、それが何なのか、どういう事なのかは分からなかった。

(何だろう――この感じ――。ここまで出かかっているような気がするんだけど――。も

うちょっとで、ひらめくような気がしたんだけど――)

彩夏は、そんな自分がもどかしくなり、思わず爪を噛んでしまった。と、その時、

「きゃあ。あれ何? 何なの?」

制咤迦の悲鳴。彩夏は、制咤迦の指差す方角を見上げた。

「なっ、なんなの? あれ――」

黄色い光の柱が、すごい勢いで黒い空へと昇って行っているのだ。

(始まった)

彩夏は、直感でそう思った。

「四神橋の方だ」

充が叫んだ。

☆

今は、竜在家の屋敷のはずれ辺りに、四神橋がある。昔は、上野忍岡の辺りにあったのだが、何らかの事情で、今のこの位置に、運ばれたのだった。最初は、江戸鎮護の目的で

建てられたらしいが、今ではどういうわけか、ただの橋となっている。

その橋の下に、二人の人物がいた。一人は長身の男。そしてもう一人は、制服姿の美少女。美少女の方は、すでに意識はないようだった。男に、抱き抱えられるようにして立っていた。その顔は、死人のように青ざめていて、しかし、その唇だけは、まるで血を舐めたように鮮やかだった。

男は、その美少女の身体から、制服を、剥ぎ取るようにして脱がし、裸にした。

「まだ早いか――」

鋭い目の男は、少し眉を寄せた。

この何時間か、唇から霊気を送り続けて、美少女を、霊の入れ物――つまり、依坐《よりまし》になれるようにしてきたのだ。しかし、まだ完全に、依坐になれる状態ではなかった。男は、フッと一息つくと、美少女を抱え、唇を、美少女の唇に押しつけた。やがて、何分かたった後、美少女の身体に異変が起きた。完全な依坐になったのだ。つまり、霊を身体に入れる事が出来るのだ。美少女の身体は、霊気を帯びて、ガタガタ震え出した。

男は、ニヤリと笑った。

「念には念をだ――」

男は、橋の東側に散らばっている青龍の石像の残骸を、足の裏で踏みつけ、さらに粉々にした。そして、残りの三体の石像を、術で壊し、同じように踏みつけ、粉々にすると、橋の中央を見上げ、何やらお経のようなものを唱え始めた。すると、橋の中央から、黄色い光の柱が放出され、すさまじい勢いで空に昇り始めた。

その途端、橋の中央に亀裂が走り、高さ五十センチ程の黄色い龍の形をした石像が顔を出した。橋の中央に、外からは見えないように埋め込まれていたのだ。その光の柱は、一旦空に昇って行くと、月に反射し、今度はゆっくりと地上に降り、裸の美少女の口の中に、吸い込まれていった。

光を吸い込んだ美少女は、一瞬うめき声を上げたかと思うと、ゆっくりと目を開いた。

☆

やがて、雨が降り始め、嵐になった。

☆

四神橋の方で、何かがあった。

「有紀美ちゃんっ。急いでっ」

彩夏は、運転席の有紀美に、もっとスピードを出すようにせかした。

「そ、そんなこと言っても——」

しかし、有紀美は、一向に安全運転を保ったまま。

「わたし、免許を取って三十年間、無事故、無違反なんですもの——」

「そっ、そんなこと言ってる場合じゃないでしょ？」

「で、でもぉ——」

「あーいいから、貸してっ」

彩夏は、無理やり有紀美からハンドルを奪おうとするが、

「あ、だめです。彩夏ちゃん、免許持ってないでしょ？」

「——有紀美ちゃんっ。大変な事になってるかもしれないの」

「でもぉー。わたし交通違反は出来ませえんっ」

有紀美は一向に譲らない。

「有紀美ちゃんっ。矜羯羅ちゃんが大変な事になってるかもしれないのっ」

「でも――。違反は悪いことですっ」

「有紀美ちゃんっ。そんなこと言ってないでたまには違反もしてよぉ」

「そんな――」

真面目な有紀美は、すっかり困ってしまった。

「あのー。どうでもいいけど有紀美ちゃん。免許持ってたの？」

しばらく黙って二人のやりとりを聞いていた制咤迦が、口をはさんだ。

「えっ？　あ、はい、三十年前に取りました。車って便利ですね。いくら妖怪でも、文明の利器には弱いですものね。思えば、蒸気機関車が出た時には本当に驚いたものでしたけど、車に比べたらなんてことないですね。やっぱり車ですね」

「有紀美ちゃんっ。そんなこと言ってる場合じゃ――矜羯羅ちゃんが――」

「彩夏ちゃん。矜羯羅さんなら無事ですよ」

「どーして分かるの？」

「だって昔、四百年程前、矜羯羅さんに会ったんですもの――。今思えばあの時のことだったんですね。未来で会おうねって矜羯羅さん言ったもの。すっかり忘れてましたけど。

あの時の子が矜羯羅さんなら、きっと無事に帰って来れます」

「はぁ？」

「有紀美ちゃん？」

「なんだって？」

三人は、口をあんぐり開けた。

☆

四神橋目がけて、四人分の人影が近づいて来た。

街灯はない。月と星の明かりしか頼れるものはなく、辺りは闇——。橋の下に誰かいるのか、銀色の明かりがもれていた。しかし、懐中電灯にしては明かりの調子が不自然だった。

「彩夏さんっ。あれっ」

制咤迦は、橋の下の闇の中に、人影を見つけ、指差した。目を凝らすと、裸の美少女が立っていた。銀色の光は、最初は懐中電灯かと思っていたが、やっぱり違っていた。銀色の光は、美少女が手に持っている巨大な鎌から出る微光だったのだ。

「なぜこんな所に——」

彩夏は、うめいた。制咤迦も、その美少女の不気味さに、ちょっとたじろいた。青ざめた生気のない顔。しかし、唇だけは異様に赤く、目は、ギロギロと不自然に輝いていた。

(なんだかすごい恐怖感——)

制咤迦は、どうしようもない恐怖感にかられ、充の手を握り締めた。充も、何かを感じているようだった。

(何だ？　この異様な気配は——。すごい、こんなの今まで感じたことなかったぜ——。一体この子は——)

充がそう思った時だった。

「遅かったな」

美少女の後ろから、男が出て来た。まるで、充達が来るのが分かっていたようだ。

(こいつが、あのTバック姉ちゃんを操ってた奴か？　ということは、この子も——この子も奴の仲間？)

「あなたが黒幕ね。一体どういうつもりなのっ」

彩夏は、大声で叫んだ。

「――だから、遅かったって言うんですよ」

男は、彩夏の質問には答えず、大声で笑った。

「なっ」

「あ、彩夏さん。あれ――橋が――四つの石像が粉々――」

制吒迦は、橋を指差した。四神橋の四隅に据えられていた石像が、四つ共粉々になっているのだ。

「あなたがやったのねっ。一体どーいうつもりっ。鬼門封じの橋を壊して何しようって言うのよっ」

彩夏がそう言った途端、男は、ちょっと意外そうな顔をした。

「おや？　知らなかったんですか？　これは面白い。陰陽師ともあろう者が、しかも竜在家の者が知らなかったとは――」

男は、また大声で笑い出した。

「知らなかったのなら教えてあげましょう。この橋は、ただの鬼門封じの橋ではないんですよ」

「え——？」

「この橋は、天神——菅原道真の霊魂を封印していた橋なんですよ」

「封印っっ？」

「そうです。四体の石像を結界にし、中央に埋め込まれている黄龍像の中に、天神を封じ込めていたんですよ」

「そ、そんな、知らないわ。そんな話、聞いたことない」

「オレもそんな話は、初耳だ」

「彩夏さん、〝竜在家文書〟には書かれてないの？」

「ええ——。一行も書かれてないわ。制咤迦ちゃん」

「そんな——どうしてなんだろう——」

〝竜在家文書〟とは、代々陰陽博士として江戸幕府に仕えた竜在家一族が、記録として書き残した史書のことである。

「この橋を造って天神を封印した人物の子孫が知らなかったとは——実に驚きだ——」

「——あたしの先祖が——封印——した？」

「そうですよ」

男は、笑いながら言った。

「おいっ、お前さっき天神を封じ込めていたって言ったよな。なんで過去形なんだっ？

――いたって――」

「ま、まさか充さま。四つの石像は粉々だったわ。ということは――」

◆

「え？　今――なんて――」

今、男が言った言葉に、充は信じられず、もう一度聞き返した。

「だから、たった今、この私が封印を解いたんだよ。この女を使って――」

「この子は――この子の身体に天神の霊魂が乗り移ったって言うのかっ」

「そう。この二宮エリとかいう女の体を借りて、天神が復活したんだよ。たった今。もうじき世界は海に沈む――」

第九章

一六一四年。十月。江戸を出発した矜羯羅は、一人、大坂へと向かった。大坂へ着いたのは三日後だった。二日後、天神が復活すると同時に、五神封印の儀式が行われるのだ。だから、役目を無事果たし、一刻も早く、江戸へ帰りたかった。

†

矜羯羅は、夜になるのを城の外で待ち、すっかり暗くなると、あらかじめ手渡されていた城の地図を頼りに、城内へと潜入した。千姫の部屋は、すぐに分かった。矜羯羅は、部屋の前までたどり着くと、部屋の外から声を掛けた。

「将軍家からの使いの者です」

矜羯羅がそう言った途端、千姫の、ハッと息をのむ声が聞こえた。

「千姫さ――ま――?」

しばらくすると、スッと障子が開いた。

「どうぞ、中へ――」

「あ――はい――」

矜羯羅は、すばやく部屋に入り、静かに障子を閉めた。幸い、部屋には千姫の他、人は誰も居なかった。矜羯羅は、千姫の前に座ると、懐から密書を取り、差し出した。千姫は密書を受け取ると、急いで手紙を開いた。

千姫が密書に目を通している間、

(ここが本物の大坂城本丸――やっぱり本物はすごい、千姫ってとっても美しい人だったのね)

矜羯羅は、リバイバル上映された映画「大坂城の落日」に、想いを馳せた。

この映画は政略結婚でありながらも、千姫と秀頼との純愛を描いた往年の名作である。

(今は、千姫を脱出させることは出来ない。千姫は、夏の陣の折り、大御所である家康の命を受けた武士に助けられ、炎上する城から脱出する。そのあと、姫路の本多家に嫁いでゆくの)。

千姫は、手紙を読み終わると、丁寧にたたみ、矜羯羅に返した。

「今わたくしが、秀頼公と淀君を見捨て、城を出るわけには参りません。わたくしは、殿と、命運を共にするつもりでございます」

「分かりました。大御所様には、そうお伝えしておきます。千姫様、くれぐれもお気を付けて。では、ご武運を」

「ご苦労であった」

答えの分かっていた矜羯羅は、深々と頭を下げ、部屋を後にした。

庭を横切ろうとしたところで、人のひそひそ声が、聞こえてきた。矜羯羅は、ハッとして足を止めた。

「見つかったら、やばいわ」

矜羯羅は、庭にある大木の陰に身を潜め、声の主を探った。よく見ると、反対側の庭の方に、長くのびた二人分の影があった。矜羯羅は、前にあった岩の後ろに忍び寄り、その人影の顔を確かめた。——と、

「えっ？　うそ——」

確かめてみて、矜羯羅は、思わず息を呑んだ。なんと、あの天海が居たのだ。

「なんで、あいつが、こんな所にいるのよ」

　矜羯羅は自分の目を疑ったが、確かにその人物は、天海だったのだ。もう一人は、矜羯羅の知らない人だった。

「間違いないよ。天海——」

　矜羯羅は、二人には気付かれないように、もう一つ前にある岩の陰に移った。すると、声は、さっきよりも、はっきりと聞こえた。

「馬鹿な女だ。本当のマンダラではないのに、すっかり信じ込んで——」

「あなたも悪ですな。徳川家の忠実な僧だと見せかけておいて、実は、豊臣家の手先だったとは——」

「私は別に、豊臣家の手先ではない」

「しかし、怨霊を江戸に放っていた張本人は、天海殿——あなたですよ」

「私は、どっちの手先でもない」

「ではいったい、あなたは何のために——。それに今度は、ただの怨霊ではなく、あの天神を放ったと聞いた。豊臣家のためにやったのではないなら、いったい——」

「それでは、順を追って説明しよう。まず、本当のマンダラとは、鬼門に橋ではなく、寺を建てねばならないのだ。そうすれば、永遠に、その都市を守護する壮大なマンダラとなる。しかし、鬼門に寺ではなく橋を建てると――」

「橋を建てると、どうなるのだ？」

もう一人の男が言った。天海は、意味ありげに笑うと、

「つまり、逆マンダラだ。鬼門に橋を建て、その橋の中に御霊神を封印すれば――」

そこで天海は再び言葉を切り、もう一人の男の顔を見た。緊張が、その空間に走った。

矜羯羅も、息を呑んで、天海の次の言葉を待った。そして、天海は、力を込めて言った。

「江戸は――いや、日本は、この奥義を会得した私だけに支配される呪術都市になる。私は、大坂から御霊神・天神――菅原道真を操り、この世界を支配する」

「ええ」

（なんですってえ）

「だ、誰だ」

（しまった）

心の中の叫びを、思わず口に出してしまったのだ。

「誰だ、そこにいるのは。隠れてないで出て来い」

天海は、矜羯羅が隠れている岩まで、近づいて来た。

（ど、どうしよう――。五つ目の地獄）

矜羯羅は、びくっと身を縮めた。天海は、ゆっくりと近づいて来た。

ドクン――ドクン――。心臓が、すごい速さで高鳴っている。

（こうなったら――）

矜羯羅は、覚悟を決め、ゆっくりと立ち上がった。そして、大きく息を吸い込み、

「天海――あなたの悪だくみは、全て、聞かせてもらったわ」

内心の怯えを隠そうとして、出来るだけ落ち着き払った調子で言う。

「――何だ――妖怪の女か――」

「失礼な僧侶ね。妖怪じゃないわよ。あたしは護法よ」

天海は、笑いながら首を振った。どっちも一緒だと言いたげな感じだ。矜羯羅は、ムッとした。護法も妖怪の一種なのだが、本人は認めようとはしないのだ。しかし、こんなことでムッとしている場合じゃない。

（こんな奴まともに相手にしちゃ、命が幾つあっても足りないわ）

矜羯羅は、わずかな隙を見つけ、その場を逃げ出した。

「に、逃がしていいんですか？　天海殿」

「なに、じき捕まえるさ。今、竜在家にこの事を知られるとまずい。逃がすわけにはいかない」

☆

「大変」

羚羯羅は、猛スピードで江戸へ向かった。馬にまたがり闇雲に走った。どのくらい経っただろうか、少し休憩しようと思い、休めそうな場所を捜して、適当に腰を下ろした。

(早く絵梨香さん達にこのことを知らせて、儀式を中止させなくちゃ。儀式は二日後だよね。間に合うかな——。——こんなこと——してるバアイじゃないよね。呑気に休んでる暇なんてないよっ。急がなくちゃ。帰んなきゃ)

そう、決心した羚羯羅は立ち上がると、おもむろに目を上げた。その途端、

(!)

羚羯羅は、声にならない声を上げて、立ちすくんだ。いつの間にか、目の前に、天海が立っていたのだ。

（いつの間に）

「生きて帰れると思っているのか――」

天海は、そう言いながら、近づいて来た。か弱い小鳥を追い詰めるかのように、一歩一歩、ゆっくりと――。矜羯羅は、じりじりと後じさった。

（こ、これはヤバイわ）

明らかに矜羯羅の方が劣勢だ。天海は棒立ちになって立ちすくむ矜羯羅の腕を掴んだ。

「やだ、はなしてっ」

そして、矜羯羅を羽交い締めにし、動きを封じる。

「いやっ」

天海は、片方の手で、矜羯羅を押さえると、もう片方の手で、懐から綱を取り出した。

不動明王が、左手に持つという綱だ。不動明王が、使者として従えているのが、護法童子だ。この綱で、不動明王は、妖怪を石にしてしまうのだ。寺にある護法童子像は、手に負えなくなった護法を綱で縛り、石にしたものである。それを知っている矜羯羅は、途端に青ざめた。

「不動明王の綱――」

「そうだ。これで縛られると、どうなるか分かるな」

矜羯羅は、ごくりと生つばを飲み込み、その綱を見つめた。

「日本全国には、手に負えなくなった護法が多数石にされ、寺に奉納されている。お前も同じように石にしてやる。お前はどこの寺に置かれたい――？」

天海は、ニヤリと笑うと、綱で、矜羯羅の身体を縛り始めた。手、足、胴体――。綱は矜羯羅の身体へ、どんどん食い込んでいく。矜羯羅は、苦しさで、今にも、意識を失いそうだった。

「お前は、しかし、寺に奉られる程の護法でもない。池の中の石ころにでもなるんだな」

天海はそう言うと、矜羯羅を、池の中に突き落とした。

（充――制咤迦――あたしもうだめ――六つ目――の地獄で――）

矜羯羅は、薄れてゆく意識の中で、天海の顔を、池の中から見つめた。

☆

池に向かって二人連れの少女が、笑いながら駆けて来た。水浴びをするつもりなのだ。

二人は、池のほとりに着くやいなや、服を脱ぎ出した。

「今のうちに入っておかないと、冬になったら入れないいね」

一人の少女が、片方の足を池の中に入れ、そしてもう片方の足を、池の中に入れようとしたところで、

「？」

動きが止まった。

「あれ？　なんだか、池の中に人がいるような――」

「ええ？」

二人は、慌てて池の中をのぞき込んだ。

「ほ――本当だ」

長い髪をなびかせて、池の底の方に、沈んでいる女の子がいる。矜羯羅だ。

「大変」

二人は血相を変えて、慌てて池の底から、矜羯羅を引き上げた。

「大丈夫？」

パチパチと頬を叩く。すると、しばらくして、矜羯羅はかすかに意識を取り戻した。

「気が付いたみたい、大丈夫?」

「ん――」

矜羯羅は、何回かまばたきをした後、やがて、はっきりと意識を取り戻した。綱は、常人には、切ることは出来ない。相当な術者でなければ、到底無理なことだった。矜羯羅は、身体を縛りつけられる苦痛に耐えながら、必死に考えた。

(六つ目の地獄で死んじゃったら、もう帰ることは出来ない。きっと、七つ目の地獄が、帰るたった一つのチャンスなのよ。やってみなければ、分からないよ。いつまでも恐がってなんかいられない。あたし――やるわ)

矜羯羅は、龍を呼び、一か八か、賭けてみることにした。

「見、見て」

一人の少女が、驚いたように、矜羯羅の足を見つめた。

「い、石になってる」

足の先から、石に変化していた。二人は悲鳴を上げて後じさった。矜羯羅は、その二人の少女の存在には、全く気付いていなかった。

(もしもあたしが、一流の龍脈使いなら、もう一度、龍はあたしの所へ、戻って来てくれ

るはずっ。失敗なんて、恐れてる場合じゃない）

羚羯羅は、地下に眠る龍脈を捜し出し、綱を切ってくれるように頼んだ。

（お願いっ。もう一度、あたしの所へ、帰って来てっっ）

羚羯羅の真言が、静かに響いた。次の瞬間、急に空が暗くなり、稲妻が轟いた。龍が現れたのだ。

（や、やった――）

龍は、大きくうねりながら、羚羯羅に向かって、突進して来た。

「ちょっと。なんなのよ、あれ――」

「あれは、龍よ――」

二人の少女は、裸だということも忘れて、龍の行方を見守った。

龍は、羚羯羅に巻き付いた綱を、鋭い爪と牙でひきちぎり、羚羯羅の真言が終わると共に、雲の中へと消え去った。

しばらくして、再び空は、大きく晴れ上がった。

「あたし、出来た。一流の龍脈使いよ。あたし、恐かった。また、失敗するんじゃないかって――。もう、龍は来てくれないんじゃないかって――。でも――良かった。あたし、半人前じゃないっ。もう恐がらなくてもいいよね。自信持っていいよね」

玲羯羅は、涙を拭いて、立ち上がった。自信を取り戻した玲羯羅は、再び、江戸へ向かった――。

☆

三日後、やっと江戸に着いた。しかし不幸な事に、逆マンダラを成功させる儀式が、もう始まっていた。今すぐ中止しないと大変な事になるが、玲羯羅は考えた。天神を封印することと自体は、天海の野望を実現させることには、ならない。儀式のすんだあと、全てを話し、橋を、どこか遠くの方へ移してもらい、本当のマンダラを説明して、寺を建てるように進言しても遅くはない。そう決め、儀式のすむのを、待つことにした。

肩を叩く者がいた。有紀美だ。

「おかえりなさい、玲羯羅さん。お疲れになったでしょう」

有紀美は、お茶と最中がのせられた盆を持って微笑んだ。

「どうぞ玲羯羅さん」

「ありがとう、有紀美ちゃん」

（そういえば、昨日から、なにも食べてなかった——）

最中に手を伸ばす、とその時、

「？」

目の前を、全裸の十歳位の子供が横切った。儀式で、怨霊を体に取り込み、怨霊と一緒に、石像の中に封印される依坐だ。

「お気の毒に」

有紀美が言った。

「なぜ？」

羚羯羅は、訳が分からず聞き返した。依坐を使うとは、知らなかったのだ。有紀美は、依坐のことについて説明した。依坐となって、怨霊ごと封印されれば、怨霊を封印から解かない限り、二度と、石像から出てこられなくなる。事実上の死——。

（あんな小さな子供が——）

「だめよ。命を犠牲にしての平和なんてだめ」

「羚羯羅さん——」

「――そんなのだめ」

玲羯羅は立ち上がった。儀式を止める気なのだ。

「絵梨香さん――」

儀式が執り行われている舞台の方を見る。ちょうど絵梨香が、天神を少女に降ろす呪文を唱え始めたところだ。神がかっている絵梨香に、玲羯羅の声は聞こえない。それに、呪文を唱えてしまったからには、もう、儀式を止めることは不可能だ。玲羯羅は決心した。

(一か八か賭けてみる)

「有紀美ちゃん」

玲羯羅は、有紀美の方を振り返った。

「はい」

「紙と筆、持ってる?」

「すぐに持ってきます」

有紀美は、慌てて奥の方に下がり、しばらくして、紙と筆を持って出て来た。

玲羯羅は、今までのことを全て、書き留めることにした。

(信じてくれるかどうか、分からないけど、真心込めて書けば、絵梨香さん、きっと分か

ってくれる。信じてくれるわ）

矜羯羅は思いを込めて、ここに来た本当の理由、大坂で聞いて来たことを、書き綴った。

（ぐずぐずしている暇はないわ）

矜羯羅は、手紙を有紀美に手渡した。

「これ、絵梨香さんに」

「分かりました。必ずお渡しします」

◆

呪文に引き寄せられ、天神が、誘われるように、舞台へと近づいた。離れた怨霊を捕まえることはたやすいこと。まして、眷属神をひきつれた怨霊ならなおさらだ。それだけ力が強大なので、みつけやすいということなのだ。

子供の体が、だんだん青ざめて、震えてきた。天神が降りて来たのだ。

（でも、ちょっと待って。あたしが、ここにいるのは、どういうことなの。平成の世を、未来を造っているのは、過去ってことよね。ということは、あたしも歴史の一部として、

ここにいるわけだ。あーこんがらがっちゃう。難しい事を考えたら頭が痛くなってきた）

玲羯羅は、バッと着物を脱ぎ捨てた。

そして、門弟達の間をすり抜け、子供に突進した。玲羯羅に突き飛ばされた子供は、儀式の舞台から転がり落ち、有紀美に受け止められ、今度は玲羯羅がその舞台に上がった。

「こ、玲羯羅さんっ」

「有紀美ちゃん、未来で逢おうね」

玲羯羅は、そう言うと、手の平を天に突き出した。

「龍よ。お願い。あたしの言う事を聞いてちょうだい」

天神が、玲羯羅の体に入った。電流が走ったような衝撃だった。子供の代わりに依坐になり、玲羯羅としての意識が途切れる前に、龍を呼び寄せ、怨霊だけを、黄龍像に残し、龍と共に、未来へ帰る方法をとったのだ。

（お願い。怨霊を黄龍像へ残し、あたしを未来へ帰して）

その途端、雷が鳴り、龍が姿を現した。龍が玲羯羅の体に巻き付く。もうすでに、玲羯羅としての意識は、この時、なくなりかけていた。玲羯羅としての意識が、途切れる瞬間、龍に抱かれた玲羯羅は、絵梨香の呪文で、石像の中に消えた――。

「矜羯羅さん——身代わりになったのね」

有紀美は、泣いた。

日菜子も泣いていた。

矜羯羅の脱いだ服を、絵梨香が拾った。

「いい子だったわ、とっても」

絵梨香は、矜羯羅の服を抱きしめながら、言った。

「——あの、これ、矜羯羅さんからです」

有紀美は、矜羯羅から、さっき手渡された手紙を、絵梨香に渡した。

「矜羯羅ちゃんから?」

絵梨香は、手紙を急いであけた。

読み終わり、絵梨香は、涙で濡れた目で空を見上げた。

「あたくし、信じるわ」

そう言って絵梨香は、矜羯羅に助けられた裸の子供に、矜羯羅の残していった着物をかけた。

「日菜子」

涙を拭き、日菜子の方を見た。

「馬をお願い」

「はい。でも、どこへ」

「江戸城よ」

絵梨香は馬にまたがり、城を目指して駆けて行った。

†

その後すぐに、四神橋は、竜在家の敷地内に移され、ただの橋として、代々、竜在家が管理することになった。

それから十一年後の一六二五年、四神橋があった忍岡には、天海によって、寛永寺が建てられた。天海は、寛永寺の開祖となった。しかし、本当の天海ではなく、将軍家の名誉を守るため、別人を天海になりすまさせ、寛永寺の開祖としたのである。その偽の天海とは、まさしく、三年前、行方不明になった絵梨香の兄だった。一六一五年の大坂夏の陣の直前、大坂方の大名は、次々、偽天海によって呪殺。本物の天海は行方知れずとなった。

この事件は、将軍家にとって不名誉なこととして、記録にも残されなかったのである。
天海はその後、ヤソ山に落ち延びたという噂があったが定かではない。

第十章

現代。雨は降りやまない。それどころか、ますます否応なく増すばかり。

「充さま、彩夏さん、いったい、この後どうなっちゃうの？」

「あいつの言った通り、この世界は海に沈む――」

「そんな――」

「闘うしかないってことよ。あいつらの目的は、日本を海に沈めることよ。奴らを倒さない限り、この雨は、止められない」

彩夏はそう言って、空を見上げた。この世界を消滅させてしまう超常現象が、今まさに起こっているのだ。その直接の原因は、どうやら目の前にいる男と、天神の依坐となった裸の美少女――二宮エリのせいらしかった。

「このまま放っておけば、大変な事になるわ。世界は破滅してしまうわ」

「そんな――そんなのやだ」

制咤迦は、彩夏の言い放った言葉にたじろき、首を振りながら後じさった。

「大丈夫よ、制咤迦ちゃん。そうならないために、あたし達陰陽師がいるんだから」

「う、うん——。彩夏さん」

立ち込めた闇の向こうから、依坐となった二宮エリが現れた。手には巨大な鎌を持っていた。二宮エリは、いや、天神は、一歩一歩、ゆっくりと近づいて来た。

「私の邪魔をする者は、許さない」

二宮エリの口を借りて、天神が言った。

「——」

彩夏は、有紀美をかばうようにして立った。座敷わらしに、戦闘能力はないからだ。

「彩夏さん、有紀美ちゃんは、あたしが守る」

制咤迦は彩夏の様子に気づき、有紀美の警護をかって出る。有紀美と彩夏は、制咤迦のその言葉に心強くうなずいた。制咤迦は有紀美を連れて、橋の下へ避難し結界を張った。

「制咤迦ちゃん、お願いよ」

「うん、まかしといて」

彩夏は充の方を向き、

「あたしは、天神を調伏するわ。充は、男の方の相手をして」

「分かった」

充はそう言うと、男の方に向き直った。

「お前の相手はこのオレだ。何を考えてるのか分からねえが、お前もバカなことしたもんだな。あんな、とんでもねえ怨霊よみがえらせちまって――」

男は充の挑発にはのらず、充の見た事も聞いた事もないような印を結び、真言を唱え出した。

「なんだ? こいつ――わけの分からねえ技、使いやがるぜ」

充は唇を噛んだ。

「こいつ、非道なことをしやがる。何の関係もない普通の女の子を、依坐にするなんて――ひでえ奴だ。絶対オレは許さねえ」

依坐になった人間を、救う事は出来ない。怨霊ごと封印されるか、肉体ごと殺されるしか採る道はないのだ。つまり、死ぬしかないのだ。

充も、印を結び、真言を唱え始めた。竜在陰陽道の最高の技、不動明王が右手に持つという降魔の剣を呼び出す術だ。その術が使える人物は、充だけだった。そして、右手から現れた剣を構え、真言を唱え続ける男に向かって走り出した。

「てや――」

しかし、切りかかろうとした時、

「うわっ」

充は見えない何かにはじき返された。数回転がったところで岩にぶつかりやっと止まった。

「くそ。なんて奴だ」

☆

彩夏は迷っていた。罪のない少女とはいえ、依坐となって、怨霊に操られたとなれば、封印するか、殺すしかない。耐えきれなかった。竜在陰陽道の主として、やらなければならないことだ。

二宮エリは――天神は、狂気に憑かれた目で、ゆっくりと近づいて来る。

(あたし――)

と、その時、神風が吹いた。髪に結んでいた紫色のリボンがほどけ、風に流され、制咤迦のいる橋の下に落ちた。

「あ、彩夏さんのリボン。彩夏さーん」

制咤迦はリボンを拾い、そしてそれを、左右に振って合図する。その瞬間、

《だって紫は高貴な色、皇帝の色だって言うじゃない》

彩夏の頭の中で、何かが弾けた。

「制咤迦ちゃん。そうよ、皇帝よ、皇帝——。皇帝は紫、宇宙の皇帝は北極星、北極星の別名は北辰、北辰大帝霊符。制咤迦ちゃん、ありがとう。あなた天才よ」

彩夏は、弾んだ声で言った。

「そうよ、今まで、なぜ気付かなかったのかしら——あの紫の占いは、このことが言いたかったのよ。紫は皇帝、皇帝は北極星、北極星は北辰、北辰は北辰大帝霊符」

彩夏は、有紀美の方に向き直り、

「有紀美ちゃん、すぐ道場へ行って、北辰大帝霊符を持ってきてちょうだい」

「あ、はいっ」

☆

有紀美は、大急ぎで道場へと向かった。家の前まで来た途端、今まで暗かった空が、稲妻でも落ちて来たかのように、明るくなった。しかし、それは一瞬のことだった。

「何かしら？」

そっと耳を澄ますと、過去現在因果経が聞こえてきた。過去現在因果経とは、過去と現在を結びつける呪文だ。

（もしかして）

有紀美の疑念は、やがて確信へと変わった。

初めは、かすかな声しか聞こえてこなかったが、時が経つにつれ、その声は、はっきりとした大きさに変わってきた。

「矜羯羅さん」

有紀美は急いで道場へ入り、霊符を取って来ると、迷わず、矜羯羅が消えた学校へと向かった。帰って来る時は、必ず、消えた場所へ、戻って来るからだ。

☆

必死に龍にしがみついている内に、口が勝手に、過去現在因果経を唱えていた。龍にしがみついたところまでは、覚えていたのだが、その後のことは、全く記憶になかった。そして、気が付くと、植木の中に、倒れている自分を発見した。

「帰って来たの――かな――？」

矜羯羅は、立ち上がり、辺りをぐるりと見回した。遠くの方に、高層ビル群が見えた。手前には、懐かしい充の学校がある。

「帰って来たんだ」

矜羯羅は、そう叫ぶと同時に、思わず泣き出してしまった。張り詰めていた神経がゆるみ、思わずホッとしたのだ。

「あたし、やったんだ。七つの地獄を、克服したんだ。あたしは地獄に勝ったんだ」

(早く、みんなに会いたい)

会いたい気持ちが先走って、自分が裸だということを、すっかり忘れていた。

「きゃあ」

（どこかで服を調達しなくっちゃ――こんなんじゃ、家に帰れないよ）

ちょうど目の前に、部活の生徒達が使っている、プレハブ小屋があった。

（そうだ、部室のロッカーを見てみよう）

矜羯羅は、鍵のかかっていない部屋を捜し、中へ入った。そして、自分とサイズが合いそうなセーラー服を見つけ、着た。

矜羯羅は、うきうきしながら部室を出た。そして、二、三歩、歩いた所で、ぬーっと長くのびた影が目に入った。

「ん？」

矜羯羅は、スッと顔を上げた。

「あ――」

目の前に立っていたのは、有紀美ちゃんだった。

「有――有紀美ちゃん――？　平成の有紀美ちゃん？」

矜羯羅は、息を呑んで立ちつくした。まだ、頭の中が、江戸時代でいっぱいなのだ。

平成の有紀美ちゃんは、やさしく微笑んで、こう言った。

「お帰りなさい」

☆

鎌を振り上げ、彩夏に切りかかって来た。


(おそいっ)

二宮エリの身体を借りた天神が、鎌を振り上げ、彩夏に切りかかって来た。

(何してるのよ、有紀美ちゃん)

彩夏は、有紀美を呼びながら、必死に、振りかかる鎌を避ける。

「もうやめなさいよっ。あなたこんなことして楽しいの？　怨んだってどうしようもないことだってあるんだからっ」

「この雨は私の涙だ。無数の異形の者を従え、地獄で王となった。いつか日本に復活し、恨みを晴らしてやろうと、今日のこの時を待っていたのだ。道真だった頃の涙で、日本を海に沈め、その上に、己の城を建ててやるのだ」

雨は、時間が経つにつれ、激しさを増してゆくようだった。

天神は、再び、巨大な鎌を振り上げ、切りかかって来た。

（おそいっ。有紀美ちゃん。こ、こうなったら――）

彩夏は、今、一瞬考えた事に、思わずゾクッと全身が震えた。

（あたしったら――何てことを考えたの？）

彩夏は、今、自分の思った事が、信じられなかった。

二宮エリを調伏、降伏しよう。そう思ってしまったのだ。

（なんて――ことを――）

「あっ」

ひるんだ瞬間、肩に鋭利な衝撃が走った。やられたのだ。彩夏は、肩を押さえて、その場にしゃがみ込んだ。

「あぶない」

制咤迦は、橋の下から飛び出し、二宮エリに全身で体当りした。その瞬間――、

ひらり、ひらり――。

制咤迦の手から、彩夏の紫色のリボンが、舞い落ちた。

（これだ）

彩夏は、今ひらめいたことに、一瞬、ちゅうちょしたが、

（やる——しかない）

一か八か、賭けてみることにした。

紫のリボンで封印する。

北辰大帝霊符の代わりにするのだ。

彩夏は、天神が制咤迦に気を取られていたその一瞬を狙い、符呪開眼の真言を唱えた。

そして、リボンに念を封じ込め、二宮エリの身体に投げつけた。と——、

「うわああああ——」

叫び声を上げたのは、充だった。充と先程まで闘っていた男が、いきなり、何の前ぶれもなく炎に包まれたのだ。何度も何度も、返り討ちにあっていた充が、驚くのも無理はない。自分は何も手を下していないのに、いきなりひとりでに燃え始めたのだ。

その男自身も何が何だか分からなかったのだろう。茫然とたたずんでいるだけだった。

燃える体。

炎に焼かれる肢体。

（まさか——）

自分が使っていた傀儡の少女のように、炎に身体を焼かれ、

（まさか、あの傀儡のように――）

そこで男は、やっと自分の正体に気付いた。

（私も人形だったのか――）

やがてそこには、菅原道真と書かれた大威徳明王の呪いの人形が、一つ、あった。

☆

「ええっ。どういうこと？」

三人共口をあんぐり開けて、さっきまでは確かに人間の男だった人形を見つめている。

「これは、おそらく、平安時代、藤原時平が、菅原道真を呪い殺した時に使った、大威徳明王の呪いの人形」

「奴が、道真呪殺の人形？」

「でも、なんで奴が――。封印されていた天神の結界を解いたのは、奴のはずだ」

「そうよね。結界が解かれる前に、天神の分身である人形が現れるわけがないわ。誰かに結界が解かれない限り――。それとも、彼の、天神の恨みが強すぎて、自分の分身である呪殺の人形を、ひとりでに結界を越え、呼び寄せたってことなの？」

「まさかっ」

「でも、そんなことありえないぜ。五神封印の結界はカンペキだったはずだ。あの男自身で結界を解いていたじゃないか」

「そうよね。そんなこと、おかしいわよね」

「あの――」

考え込んでいる彩夏に、制咤迦がおずおずと声をかけた。

「あの、あたし、今まですっかり忘れちゃってて――。今思い出したんだけど」

制咤迦は、昨日の夜、鬼を調伏しに行った時、青龍の石像を、壊してしまったことを話した。実際は鬼が壊したのだが――。

彩夏は聞き終えると、一瞬、怒った表情を見せたが、すぐに穏やかな表情になった。

「今回のハッピーエンドは、みんな制咤迦ちゃんのおかげよ」

そして、充に向き直り、

「石像の事は、制咤迦ちゃんに免じて許してあげる」

もう朝になっていた。今まで大雨だったのが嘘のように、すっかり晴れ上がっていた。

二宮エリの体には、もう天神はいなかった。彩夏の術が成功したのだ。男がひとりでに燃えて人形に戻ったのは、天神が北辰の力で永久に封印されたからなのだ。

　本体が死ねば、分身も消える。

「——ということは、結界の一部（青龍像）が壊れたことによって、黄龍像の中の天神の魂が目覚めた。そのために自分の分身である呪いの人形も、この世に甦ってしまったのね。完全に甦ることのできない菅原道真は、その呪いの人形を利用し、この世にもう一度再生しようとしたのね。それで納得がいく。ま、どっちにしても、天神の怨霊が生み出した、幻の人間だったた。天神の分身だったのよ」

☆

彩夏、充、制咤迦の三人は、二宮エリを家へ送り届けた後、家路へと急いだ。

「今日は、制咤迦ちゃんったら、大活躍だったわね」

しかし、制咤迦は沈んだ様子——。

「制咤迦ちゃん——」

「矜羯羅がいない」

制咤迦は、涙声で続けた。

「いつも、ケンカばかりしてたけど、やっぱり、あたしは、矜羯羅が好きなの。矜羯羅がいなくなって初めて、矜羯羅が大好きなことに気付いたの。今まで、そばにいるのが、当り前だと思っていたの。でもでも、いないなんて。矜羯羅」

そう叫びながら、制咤迦は、おもいっきり充に抱きついた。

「何言ってるんだよ。矜羯羅ならいるぞ」

充は、しがみつく制咤迦を引き剥がし、目前を指差した。すると、

「ただいま」

矜羯羅が有紀美と一緒に駆けて来た。制咤迦は思わず走り出した。

「矜羯羅――」

「ごめん。心配かけて」

矜羯羅と制咤迦は、手を取り合い再会を祝った。

「でもいったい、どこに、行ってたの、こっちは大変だったのよ」

「江戸時代に時間旅行よ」

「はあ？」

充と彩夏と制吒迦は、またまた、口をあんぐりと開けた。

矜羯羅と有紀美は、そんな三人の様子を見て、二人で目くばせしながら、笑いあった。

「二人で何笑ってるのよ。へんなの」

終章

それから一週間後の日曜日。充と矜羯羅と制咤迦の三人は、勉強も兼ねて、竜在陰陽道の歴史を振り返ることの出来る、竜在記念館を訪れた。館内は、破損からわずかに免れている〝竜在家文書〟の展示を中心に、祭祀に使われる道具や、代々当主を務めた人物の肖像画、ゆかりの物などが展示してある。

「ふーん——一代目の当主は、絵梨香っていうんだ。なんだか、彩夏さんにそっくりね」

一代目当主の似顔絵を見て、制咤迦が感心したようにつぶやいた。

「ほんとだ。あっこれ、すげえー」

充は、目を輝かせて道具類に見入っている。

矜羯羅は、ちょっぴり物悲しい思いに駆られた。

「絵梨香さん——日菜子さん——」

矜羯羅は二人とは少し離れた展示コーナーへ行った。涙を見られたくなかったからだ。

(——絵梨香さん、あたしのこと、信じてくれたんだね)

江戸で過ごした二週間は、まるで昨日のことのようにはっきりと憶えている。

「おーい。矜羯羅、行くぞー」

ボーッと考えていた矜羯羅を充が呼んだ。

「あ、うん」

矜羯羅は現実に引き戻され、我に返った。

「今行くー」

そして、二人の元に駆け寄ろうとしたその途端。矜羯羅の目が大きく見開かれた。すごいものを見つけたのだ。矜羯羅は、ガラスケースに駆け寄り、ケースの中のものに見入った。

「あたしの着物」

間違いない。矜羯羅が、江戸で脱ぎ捨てた着物だ。その証拠に名前を刺繍したはずだ。

矜羯羅は、ガラスケースの中の着物を食い入るように見つめた。

「刺繍刺繍――あ、あった」

下の方に、ほとんど消えかかっているが、間違いなく矜羯羅の縫い目があった。

「あたしのよ。なんで、こんな所に飾られているんだろう」

　玲羯羅の着物の題名は、竜在陰陽道の歴史に貢献した人々――〝一〟、『日本最大の護法童子、玲羯羅の着物』だった。

　おそらく、事件の事は記録には残されなかったが、玲羯羅の事は、将軍家の名誉に差し支えないとして絵梨香が判断し、玲羯羅の命を賭けて子供を救ったことだけを記録に残したのだろう。この事件に関するものは、今となっては、玲羯羅の着物と、その絵梨香の書だけである。

「絵梨香さんよ」

　玲羯羅は胸が熱くなった。

「ありがとう、絵梨香さん」

　玲羯羅は、江戸時代の絵梨香に、お礼を言いたい気持ちでいっぱいになった。

「いつかまた、逢えるといいな」

　何だか、本当に逢えるような気がしてきた。

「きっと、逢えるよね。絵梨香さん――」

「おーい、玲羯羅。何してるんだ、帰るぞ」

「玲羯羅、何してるの、早く、早く」

充と制咤迦が、矜羯羅を呼んだ。

だしぬけに、充の携帯電話が鳴った。

「彩夏よ。すぐに調査しに行ってほしいの」

「どこへ?」

「ヤソ山」

「ヤソか——、ヤソ伝説で有名なところだな。で、何が起こったんだ」

「詳しいことは、行ってみなくちゃ分からないわ」

充は、制咤迦と矜羯羅と一緒に新しい事件の目的地、ヤソ山へ出かけることになった。陰陽師に休みはないのだ。戦いはまだ続く。次の事件の目的地ヤソには、天地時空を超越する竜在陰陽道始まって以来の大事件が、待ち受けているのだった。

「行くぞ」

充は、矜羯羅と制咤迦の腕を引っ張って、記念館を出た。

「ヤソへGO」

制咤迦と矜羯羅の明るい声が響き渡った。

〔完〕

☆制咤迦と矜羯羅からのお知らせ☆

皆様、最後まで読んでくれて、どうもありがとうございます。楽しんでくれましたか。

さて、この度、あたし達のファンクラブ「びしょにクラブ」が発足しました。会報を発行いたします。皆様からのおたより、イラストなどいろんなコーナー満載の楽しい会報にしていきたいと思います。会員でないと知り得ないあたし達の情報を教えちゃうぞ。

詳しい案内書ご希望の方は、愛読者カードに〝案内書希望〟と明記のうえお送りください。本書の書名も忘れないで記入してね。

お電話でのお問い合わせはしないでね。たくさん送ってくれると嬉しいな。よろしくお願いいたします。

美少女二童子《びしょうじょにどうじ》　制吒迦《せいたか》&矜羯羅《こんがら》

2003年3月15日　初版第1刷発行

著　者　雪矢　星
発行者　瓜谷 綱延
発行所　株式会社文芸社
〒160-0022　東京都新宿区新宿1－10－1
電話　03-5369-3060（編集）
03-5369-2299（販売）
振替　00190-8-728265

印刷所　株式会社平河工業社

ISBN4-8355-5308-X C0093